NOVELISTAS DE NUESTRA ÉPOCA

El rey petizo

GUSTAVO BOSSERT

El rey petizo

LOSADA

Bossert, Gustavo
　El rey petizo. - 1ª ed. - Buenos Aires: Losada, 2005.
　208 p.; 22 x 14 cm. - (Novelistas de nuestra época)

　ISBN 950-03-4220-0

　1. Narrativa Argentina-Novela. I. Título
　CDD A863

Primera edición: abril de 2005

© Editorial Losada, S. A.
Moreno 3362, Buenos Aires, 2004
© Gustavo Bossert

Tapa: *Ana María Vargas*
Interiores: *Taller del Sur*

Queda hecho el depósito que marca la ley 11.723
Libro de edición argentina
Impreso en Argentina - *Printed in Argentina*

a mis hijos

El autor ignora en qué país de América suceden los hechos que imagina. Cualquier parecido con alguna realidad supuesta o conocida es responsabilidad del lector.

"Mierda" había dicho su padre viéndolo nacer tan poca cosa, cortito, arratonado y cabezón. Lo palpó y sostuvo: "Tiene huesos de laucha".

Creció con las gallinas y los patos en su casa de pobres, piso de tierra, a veces de barro, y el techo de paja que llovía vinchucas, bichos oscuros que buscaban los brazos y la cara de la gente para dejar huevitos que solían estropear el corazón.

Las montañas habían ganado el carácter de los hombres y las mujeres de ese pueblo. Encerrados entre picos altísimos, algunos con nieves eternas, nunca cruzaban más allá, al lado de las ciudades y las pampas. Así que tenían la cara difícil y los ojos de los que miran corto, hasta ahí nomás y desconfiando, y eran de natural callados, como esas zonas donde sólo se oye el viento permanente y el vago bostezo de los truenos. No eran imprevisibles ni violentos, más bien de rutinas, pero tampoco eran mansos de corazón. Había, seguramente, una rabia de generaciones por ese encierro y la vida gris sin esperanzas que no se ejercitaba en discusiones ni peleas, ya que habría sido inútil, injusto e inútil, si todos eran iguales entre esas montañas, pero que esos hombres descargaban en apodos y burlas a los más tontos y también a los más débiles.

Cuando Pedrito pasaba con su bolsa de almacén o el cuaderno de escuela, algunos hombres decían riendo sus frases de ingenio referentes a su cuerpo mezquino y a su enorme cabeza, aliviando en esas frases el fastidio de sus días iguales. Y sus compañeros de escuela, autorizados por las burlas de los mayores, le cantaban en los recreos "Enano cara de ano", "Agachate Pedrito que te rompo el culito" y versos semejantes.

De manera que hubo muchas vergüenzas en su infancia: el trato de la gente y también la pobreza hosca de su casa.

Su padre iba todas las mañanas a cuidar una huerta en la montaña; comía allá, sobre una piedra grande que le servía de mesa, solo y harto de oír el viento que nunca se callaba y ver abajo el pueblo marrón como toda la tierra y en torno la montaña monótona y quieta, nada más unas mulas que a veces pasaban. Volvía de noche a la casa con cara de derrota, no hablaba en la cena, tomaba un poco de alcohol y se sentaba a mirar afuera hasta dormirse, como si tuviera una esperanza, como si algo mejor o distinto pudiera venir de lejos.

Su madre cuidaba cabras, siempre lo había hecho, y se parecía a ellas; la cara se le había alargado, los ojos eran inocentes como si no miraran y Pedrito notaba que su boca era más bien un hocico. Era suave y sufrida como sus cabras.

Todo eso, el hogar tonto y miserable, la calle hostil y los agujeros y zurcidos en la ropa, a Pedrito le daba vergüenza. De noche se meaba en la cama.

Sus padres no sabían leer; antes, el arreo de las mulas del abuelo que un viento de invierno había congelado en la montaña y después el alimento y la limpieza de los chanchos, las ínfimas gallinas, los patos, las cabras y la huerta les llevaron la vida, no hubo tiempo para estudios y otros lujos, pensaban ellos sin rencor. De manera que en la casa no había libros ni revistas, solamente los útiles de escuela de Pedrito.

Pero una vez un compañero dejó olvidado sobre su pupitre una revista que Pedrito se animó a hojear. Quedó deslumbrado. Mujeres largas como postes pero hechas de curvas que le infligieron puntadas en el bajovientre, mujeres de ojos grandes que reían o miraban de costado, como haciendo trampa, unas de pie o apuntando con el traste al fotógrafo, otras desvestidas como él nunca había visto a una mujer, tan distintas a las señoras de su pueblo con sus caras de susto y la amargura que no disimulaban y las hacían tan hoscas y tan feas, y vio también fotos del mar, agua transparente en playas que acababan en palmeras con pájaros y monos y racimos de cocos, y cerca de los árboles, entre chicos que corrían en la orilla y levantaban castillos con sus palas de juguete, acostadas en la arena como estatuas estaban las mujeres –tal vez eran otras, pero tenían el mismo gesto de soberbia o de dicha y los cuerpos hermosos– y todas esas fotos y otras de ciudades con casas alegres de enormes ventanas, no las ventanas mezquinas de su pueblo, y piscinas azules y derroches de flores le hicieron pensar que si eso que mostraban no era el Cielo, había un mundo de maravillas más allá de las montañas.

Pero más que todo eso, lo que le llenó el alma de algo nuevo, un entusiasmo o unas ganas que no podía explicar, fueron las fotos de un hombre corpulento, vestido de negro, que llevaba sombrero hongo y fumaba un larguísimo cigarro sentado entre soldados y señoras lujosas y hombres que parecían importantes: era el Presidente de la Nación.

No habló de esas fotos en su casa. Le era difícil hablar en ese ambiente de cansancio, la fatiga sin tregua de los pobres. Su padre sólo quería acabar la cena para salir con su botella de alcohol a soñar en la puerta del rancho y su madre ese día había tenido algún problema con las cabras, que a veces son ariscas porque extrañan o pretenden algo y quien las cuida sufre por esa angustia de ellas que nadie sabe resolver hasta que un ruido, una palabra, un movimiento de las cosas o la gente, algo que tal vez conmueve la memoria de la especie, les devuelve el ánimo y se calman; esa tarde, las cabras habían estado bravas, y su madre, extenuada, dormía en la mesa un sueño de reparación.

No lo dijo en la casa, pero al otro día, en la escuela, describió lo que ahora le imponía nuevas y emotivas ambiciones.

La maestra había preguntado a los alumnos qué pretendían llegar a ser, la mayor aspiración de cada uno.

—Jugador de fútbol.
—Campeón de bochas.
—Muy rico.
—¿Y vos Pedrito? –preguntó la maestra.
—Presidente de la Nación –contestó Pedrito. Co-

mo le pareció que la maestra y sus compañeros no entendían, explicó:

—Como el de las fotos.

—¿Qué fotos?

—Las fotos de la revista –y miró a los demás satisfecho, convencido de que hallarían razonable su aspiración.

Hubo burlas y nuevos cantos y rimas que aludían a su condición de Presidente, pero no le importó. Se veía con el sombrero hongo, el traje negro y, aunque más oscurito que el Presidente de las fotos, con la misma mirada dichosa de mandón y sentado entre mujeres de distinto tamaño que le hablaban en secreto. También se veía ante un escritorio tan grande como el del comisario y cubierto de carpetas que olían a tinta y papel viejo y en un auto de carreras y rodeado de gente que aplaudía y en un barco de velas que en la proa llevaba su nombre y su retrato. Esos fueron desde aquel día sus pensamientos, así que no le importaron los cantos de burla de sus compañeros.

Terminaron los años de escuela y empezó el tiempo del trabajo. Su madre lo llevó con ella a cuidar cabras.

Andar por el campo detrás de esos animales que buscaban yuyitos en las piedras hasta la hora de regresarlas al corral no era más fatigante ni aburrido que estar detrás de un mostrador o trabajar con un martillo o una pala. Pero Pedrito le temía al parecido, caer en el parecido, como le había ocurrido a su madre. De manera que sin explicar el motivo, ya que para ella habría sido hiriente, dijo que prefería cambiar de ocupación.

Lo mandaron entonces a cuidar las vacas de una vecina. Pero no soportaba verlas siempre con la cabeza hacia la tierra, como pasan su vida las vacas, y esos ojos enormes de agua.

Don Ismael lo conchabó para ayudar en el boliche: servir y limpiar mesas y después lavar los platos y las copas.

No era un trabajo agotador, pero algunos parroquianos habituados a decirle cosas en la calle mantuvieron la costumbre en el boliche; cuando él se acercaba con la bandeja del vermouth comentaban "Capaz que el petizo se sube a una silla y llega a la mesa" o "¿Para qué llevás bandeja con la cabeza que tenés?". Y cuando Pedrito se volvía, le arrojaban, suave, sin maldad, los restos que quedaban en los platos, los cuartos exprimidos de limón, cascaritas de maní, carozos de aceituna, las tiras blancas de la grasa del jamón.

Además, cada día esperaba vanamente que la hija de don Ismael apareciera en el boliche, como había aparecido una mañana, con sus trenzas luminosas y sus ojos de otro mundo, y le hablara con la naturalidad de los amigos como le había hablado aquella vez. Esa espera inútil lo atormentaba.

De manera que sin hablar de esta pena de amor, ni relatar los hechos tan tristes y también ofensivos que debía soportar en el boliche, dijo en su casa que ése no era un trabajo para él. Después, cuando su padre, sin responder a esas palabras del hijo, sin opinar, como si el tema fuera de otros, se incorporó y fue con su botella a sentarse a la puerta del rancho, mientras su madre lo miraba sin saber qué decir, Pedrito pensó un momento y agregó: "Ni ése ni ningún trabajo en este pueblo". No aclaró que en ese pueblo de polvo y cascarudos no había empleos convenientes para un futuro Presidente de la Nación.

Con una muda de ropa envuelta en papel grueso y atada con piolines tomó el ómnibus que cada tanto cruzaba la montaña llevando cosas y a veces pasajeros entre el pueblo y el mundo que empezaba al otro lado.

—¿Y pa'ande vas a dir? –había preguntado su padre cuando Pedrito se despidió. Pero él sólo dijo "allá" y apuntó con un dedo a la montaña.

Viajó no supo cuántas horas, durmió entre las quejas del motor y el chirrido de una radio que por momentos lanzaba alguna música, comió en su asiento los pedazos de pollo que su madre había envuelto en un trapo que serviría de mantel o servilleta y después de pañuelo, y se entretuvo con el loro que el chofer llevaba en sus viajes y de a ratos gritaba "Pasajeros pajeros", "Pasajeros no rompan los huevos", entre carcajadas alegres de su amo. Al mediodía llegó a la ciudad.

No a la capital, donde vivía el Presidente, a una ciudad de provincia, de casas bajas y parecidas, el aire más bien sucio, el asfalto caliente y el ruido de todas las ciudades.

Bajó del ómnibus temblando y anduvo asustado las primeras cuadras, como si caminara en el vacío.

Preguntó hasta que halló, en una pensión con patio al fondo, una pieza barata; había tres camas, un calentador para la pava y un bañito.

Sus compañeros, Jacinto y Nicanor, eran hombres silenciosos, de ropa pobre y educados. Uno de ellos, al salir de mañana, decía, dirigiéndose a Pedrito y al otro, "Que pasen buen día", Pedrito murmuraba "Buenos días", pero el otro contestaba "Usted también, patrón". A Pedrito le extrañaba que durmieran en la misma pieza personas de tan distinta alcurnia, un empleado y su jefe, se imaginó compartiendo el cuarto con don Ismael y le pareció imposible, pero supo después que en la ciudad "patrón" era un modo de dirigirse a los amigos.

Sus compañeros de cuarto eran respetuosos, lo que a Pedrito le producía alivio y también satisfacción. Jacinto roncaba como si un carro saltara sobre piedra bola; Pedrito se tapaba la cabeza con la almohada y, cuando conseguía dormir, soñaba terremotos como los que habían volteado algunas casas de su pueblo y soñaba también los gritos de pavor que ciertas noches lanzaba su padre. Pero la mañana siguiente, Jacinto decía ceremonioso "Anoche tuve un gallito en la garganta" o frases parecidas que expresaban una educada explicación.

Nicanor también era cumplido. Sufría del vientre, se le veía en la cara, padecía retorcijones y dolores, pero cuando lanzaba un viento, en general violentos y olorosos, agitaba una mano en el aire como para espantar lo que pudiese haber allí y decía, para Pedrito y el otro, "Perdonen, se me escapó" o explicaba "Ayer comí garbanzos"

De manera que la vida en la pensión no era difícil. La patrona también era tratable, salvo cuando venía a cobrar y se ponía exigente para que nadie imaginara que un poco de amistad podría demorar el pago.

Se vistió con cuidado para buscar trabajo: la camisa limpia, el pantalón bien remendado y el sombrerito gris de los domingos que don Ismael le había regalado ya que se le había achicado la cabeza y el sombrero le bailaba. En la calle andaba con el gesto tímido, casi de pedir disculpas, pero la sonrisa pronta a contestar si alguien le hablaba o le hacía una pregunta.

Consiguió empleo en una fábrica; no demasiado agotador, tampoco descansado, pero con sueldo suficiente para seguir en la pensión y darse algunos gustos. En aquel tiempo, en ese país existían todavía las fábricas y había, más o menos, trabajo para todos.

Nadie, en la fábrica, observó el cuerpo mínimo ni la enorme cabeza de Pedrito, no hubo burlas ni comentarios; los obreros eran gente ocupada.

La fatiga del intenso trabajo permite, nada más, conversaciones sin pasión, así que en el breve descanso que gozaban para comer los sandwiches y trozos de tortilla o de salame que componían su almuerzo, los obreros hablaban de los hechos del día, alguien protestaba por alguna rabieta, una disputa con la esposa, la suegra o el vecino, uno de ellos, que debía defender cada jornada su fama de gracioso, contaba cuentos de opas y de curas que todos festejaban con estruendo para sentir que abandonaban un instante la sordidez de las rutinas, mencionaban de un modo ligero, para no parecer utópicos o sentimentales, sueños humildes, los sueños de los obreros de una fábrica y, como siempre sucede en encuentros de hombres, el énfasis aparecía al hablar de las mujeres, no las cotidianas y fatigadas mujeres que había en el hogar de cada uno, sino las codiciadas, las que ellos cruzaban habitualmente en una plaza o una esquina sin obtener jamás una respuesta a sus piropos y miradas de provocación, y también las remotas y perfectas mujeres que conocían por el cine, las revistas y los almanaques. Cuando hablaban de proyectos, Pedrito jamás informaba a los otros su decisión de ocupar algún día el cargo de Presidente de la Nación.

El mundo de la fábrica imponía los hábitos monótonos, de exigua esperanza, que es la vida de todos los obreros, sin nada para festejar más allá de los raros, espaciados y escasos aumentos que a veces obtenían en su salario. Todo estaba en calma, como querían los patrones. Hasta que sobrevino el conflicto.

El motivo inicial se olvidó en discrepancias y enojos posteriores y al cabo de unos días los obreros hablaban con furia de supuestos traslados y aumentos de horarios y ofensas personales, un gerente que se habría abierto la braqueta ante una obrera, otro que, abusando de su cargo, le habría dicho a un empleado "viejo imbécil", en fin, nadie conocía con certeza el origen del conflicto, pero el conflicto crecía como nubes de malaventura entre gestos hostiles y anuncios de represalias.

Una mañana se detuvo el traqueteo perpetuo de las máquinas y en un extremo de la fábrica quedaron reunidos los obreros y en el otro los jefes, impotentes en sus oficinas.

Las voces de los obreros que proponían un día de huelga, una semana, el paro sin límites de tiempo, que al comienzo los otros aplaudían y vivaban con rugidos unánimes, los ruidos de coraje de los grupos, creando en los galpones un aire peligroso, se fueron apagando, y finalmente las voces de apoyo y los aplausos se extinguieron; nadie sabía qué podía suceder si hacían realidad esas proclamas de guerra. Y las oficinas cerradas de los jefes devolvían el silencio que imperaba en la fábrica.

Pedrito supo que ése era el momento, el paso inicial de su destino. Sin preguntar ni decir nada, caminó a través de los galpones. Tan bajo y flaquito, parecía un muñeco, un juguete avanzando hacia una cueva de enemigos.

Golpeó apenas el vidrio y abrió la puerta de la oficina de los jefes.

Nadie supo cabalmente qué ocurrió en aquel diálogo curioso, ni los jefes que escuchaban a ese mínimo joven, ni Pedrito que sólo recordaba que allí empezaba su destino, ni mucho menos los obreros que miraban desde lejos con asombro.

Tal vez un golpe de suerte le permitió decir, sin proponérselo, palabras adecuadas, quizás ayudó su modo de atenuar consonantes y cantar las vocales y sus tonos de pueblo de montaña, o fue, nomás, como un viento a favor, la feliz disposición de los jefes que temían el progreso del conflicto, pero lo cierto es que, después de ese diálogo, el gerente, acompañado por Pedrito, salió de la oficina, cruzó los galpones que permanecían en éxtasis, llamó a los obreros que llevarían la voz del grupo, y en una conversación firme, de hombres, dominada por la intención de acabar diferencias, se pusieron de acuerdo.

Tras el anuncio feliz, el grupo de obreros lanzó un sólo grito: Pedro, Pedro, Pedro...

—Este es Pedro Montes –dijo un compañero de la fábrica al presentarlo en el sindicato–. Se le plantó solo a los jefes y los obligó a recular.

Los líderes lo recibieron con honor. Manos grandes y oscuras, aunque algunas cuidadas, con dejos de perfume y anillos que podían ser de oro, manos que denunciaban antiguos trabajos rudos y después una vida suave y placentera, estrecharon su mano que, dentro de esos enormes envoltorios, parecía un carozo o un muñón. Eran hombres de distinta altura, pero todos exhibían –con satisfacción, pensó Pedrito– una barriga importante.

Los sindicatos servían al Partido (se lo nombraba así, a secas, sin otro apelativo, los otros eran, apenas, los partidos), de manera que Pedro –ya no es posible llamarlo Pedrito, por más que su figura seguía esmirriada y sólo su frente continuaba creciendo– se alegró al saber que sólo un Presidente del Partido podía gobernar en la Nación; a los otros les resultaba inútil ganar las elecciones: inmediatamente los jefes sindicales convertían las calles en tierras de tormenta y obstruían sus decisiones hasta que, desesperados, dejaban el poder.

—Empezaste bien, pibe, vas a hacer carrera –dijo uno de esos hombres rústicos y a la vez atildados que lo recibieron en el sindicato. Pedro sintió que el Cielo se seguía aproximando.

La tarde de domingo es terrible en la ciudad para los hombres que están solos y extrañan el lugar donde dejaron la familia y los amigos; el silencio opaco de las calles, las vidrieras con rejas y la ausencia de la gente que otros días se cruza en las veredas denuncian reuniones de familia detrás de las ventanas, paseos en automóviles, excursiones al campo y encuentros y alegrías en clubes infranqueables; en fin, las imaginadas formas de la dicha en la ciudad ajena. Esos hombres, entonces, recorren los andenes del ferrocarril y los playones de donde salen los ómnibus que cruzan las provincias para crearse ilusiones de regreso, y también van a las plazas, más neutras que las calles, menos visible allí la soledad de los domingos porque siempre hay niños que saltan sobre almácigos de flores, corren y patean a los gatos y mujeres que los cuidan ofreciendo, aún a esos hombres que están solos, una ilusión de compañía. Los hombres van a las plazas de la ciudad ajena con un periódico o una radio, ocupan un banco y en ocasiones logran conversar con otros solitarios para apurar las horas que aún faltan hasta el alivio de la noche.

Sin embargo, Pedro no extrañaba su pueblo ni su vida anterior; la recordaba como se recuerda un cartón, gris, monótono, inmóvil. Iba a la plaza a complacerse imaginando su futuro, los hechos notables que inevitablemente ocurrirían, por que allí, en la plaza, había obtenido augurios favorables: resplandores de relámpago una tarde sin nubes de tormenta cuando él iniciaba deliciosos pensamientos, una carrera de perros que ganó el más pequeño, un cuzquito parecido a él, y finalmente una cagada de paloma en su frente —todos saben que anuncia buena suerte— que provocó en el banco vecino una risa simpática y joven.

Pedro habitualmente conversaba con jubilados de bancos próximos o, más precisamente, escuchaba las quejas que ellos, con sus gestos definitivos de amargura, postulaban contra "esos hijos de puta", sin que Pedro supiera exactamente a quién se referían; Pedro los escuchaba, no por piedad o aflicción, sino por el apoyo que algún día podrían dar a su proyecto esos viejos rabiosos.

También proponía conversación a las mujeres que cuidaban a los niños, señalaba una probable o improbable lluvia y otros rasgos equívocos del clima y ensayaba frases amables o jocosas sobre la tenacidad de algún niño en su propósito de destruir las flores y la suciedad que dejaban los perros en las veredas de la plaza, pero ellas contestaban con mirada neblinosa y palabras cortantes, suponiendo, quizá, que sólo un malhechor o un demente podía ser tan bajito.

Pero a partir de aquella cagada de paloma en su frente y la risa que la festejó, hubo un nuevo tema entre sus pensamientos y alguien, por fin, para el trato y la conversación: Petrona Pappa, la joven que había reído.

El tiempo le fue poniendo a Pedro algo de carne en torno a las costillas, hasta entonces desguarnecidas y a la vista, pechuga en lo alto del pecho y relleno en la espalda, de modo que su nuevo aspecto, menos enclenque, aunque sólo subía metro y medio del piso, le había dado nuevos aires.

El envión de su nueva figura lo alentó a ir cada tarde al sindicato, donde escuchaba con gesto de entender a los que hablaban, aplaudía con énfasis a quienes proponían disturbios contra el fugaz gobierno de la época, ajeno al Partido, acompañaba a los otros a cortar calles y romper vidrieras, llevándose a veces cositas de los escaparates, y tramaba cada vez más relaciones aprovechando su tonada para darse inocencia y ocultar su proyecto.

Por una corazonada, le arrancó unas plumas a la bataraza que vivía con su gallo y sus pollitos en el patio de la pensión y se las puso al sombrero que don Ismael le había regalado. Se miró al espejo: daba una impresión de aventurero, más de indígena que de mosquetero, y supuso que el sombrero acompañaría sus modales de pueblo para imponer la imagen de alguien parecido a la tierra, ajeno a los vicios y el lujo del asfalto, una impresión tan útil en política.

No se equivocó; la gente de montaña es intuitiva; el sombrero de a poco fue un emblema, un símbolo que lo aludía. Cuando sus pasos en el Partido fueron firmes y se lo invitaba a hablar en las esquinas, sobre pequeñas tribunas, para que la gente sintiera la seducción de su tonada, aparecieron en los muros afiches en los que sólo se veía una cara borrosa y un sombrero de plumas.

El Partido colocaba en las tribunas un cajón de frutas vacío para que, parado sobre él, Pedro llegara a asomarse sobre la baranda. Allí pronunciaba afirmaciones enigmáticas y promesas fabulosas.

La gente se acercaba, no para escucharlo, ya que nadie creía en las vanas y grandes palabras que pronunciaban los políticos, sino para observar de cerca ese sombrero aindiado que ya era famoso, como habrían observado a una alegre figura de la televisión. Pero después, los que rodeaban la tribuna, tan habituados al olvido de quienes llegaban al poder, admitían que esas promesas formuladas con el canto de la tierra, podían ser sinceras.

El Partido decidió entonces que debía recorrer el país.

Los países son bosques, praderas o playas, algunos extensiones de hielo; ése, en cambio, es todo eso y algo más. En un extremo, el frío que sólo aguantan animales envueltos en cueros de abrigo; en el otro, cascadas y selvas de perfume con caimanes, culebras y pájaros nocturnos; a un costado el mar; al otro las montañas; en el centro llanuras donde van y vienen los rebaños que, a veces, confundidos por la forma del país se entregan a interminables caminatas y acaban desnutridos e inservibles; y en todas partes, ríos de colores y tamaños distintos, azules y rápidos los que bajan de las cumbres, aleonados los que traen la tierra del vecino, negros y cambiantes los que atraviesan el territorio de los brujos, ríos que se juntan y llegan unánimes al mar por una boca enorme.

Y como uno es lo que ve y lo que oye y el frío o el calor que disfruta o padece y los favores de la tierra fácil o el obstáculo de un desierto de cascotes, en fin, como uno es lo que viene del aire, del ambiente, la alegría o la pena de la naturaleza, ese país, tan variado, es un fárrago de gente de distintos sueños, unidos apenas por el fútbol, el permanente carajeo y el nombre de algunos héroes.

De manera que Pedro, que sabía que ese país por su extensión y su forma extravagante es uno y es también varios países, imaginó lo que debía prometer en cada sitio.

En las regiones secas, donde las plantas se mueren de tristeza sin recuerdos de la última lluvia, anunció explosiones que reventarían las nubes hasta empapar el aire como en los tiempos del Diluvio; en el litoral de inundaciones, prometió castores feroces y precisos que transformarían la madera de las ramas perdidas en diques y represas; en el alma de los bosques los vecinos dormirían en paz, ya sin miedo a los incendios, cuando infinitas mangueras apuntaran a las copas de los árboles; en las zonas de vientos eternos colocaría mamparas gigantescas para desviarlos y devolverlos al cielo; bajo las ciudades más frías correrían canales de calor subterráneo y altas y enormes aspas moverían el aire sobre los pueblos de veranos salidos del infierno.

Nadie creía semejantes disparates, pero su tonada caía bien. Además, Pedro terminaba sus discursos con invocaciones religiosas que conmovían a todos, particularmente a los ateos, y prometía riquezas y abundancias que la gente escuchaba como un sueño remoto y repetido, pero que provocaba, al menos, un momento de esperanza.

A la capital llegaron mentas y noticias sobre su modo de hablar y su sombrero indio. Pero Pedro sabía, porque en las montañas se cree más en las ficciones y en los muertos que en las cosas del mundo, que los mitos crean fuerzas superiores a los hombres; los personajes nunca igualan a sus leyendas. Sólo entraría en la capital cuando su nombre tuviera el poder de un enigma.

Pedro acentuaba su relación con Petrona y, un día, sin darse cuenta, fueron novios. La risa de ella sonaba simpática, como aquel domingo en la plaza. Su conversación, en cambio, era un poquito boba; pero a Pedro no le importaba, como tampoco le importó que sus ojos fueran vacunos; se conformaba con el buen carácter de esa mujer que parecía no advertir su mínima estatura ni le disgustaba agacharse para hablar con él.

Ciertos hábitos de Petrona eran curiosos: comía cuanto se le ponía delante y, en todo momento, aún en circunstancias que debían ser románticas, mascaba chicle y soplaba para formar globitos que, al estallar y ensuciarle la cara, provocaban su entusiasmo.

Petrona vivía en una pensión del centro y practicaba, decía, "corte y confección". Pedro nunca supo qué cortaba ni que confeccionaba, pero hallaba elegante la actividad de su novia. Sus padres y sus hermanos habían muerto en entreveros que nunca se aclararon. Sus tíos eran su única familia: un par de italianos corpulentos, de enojo rápido, que vivían afuera, en las orillas de la ciudad; gente callada, de ojos mezquinos y cara huidiza que denunciaba su falta de escrúpulos, ya que jamás distinguían lo propio de lo ajeno. Practicaban el comercio de la oveja: de noche entraban a corrales vecinos y con lazos de alambre cazaban ovejas que morían estranguladas antes de lanzar un balido de socorro; después las desollaban, vendían la carne y dejaban los cueros al oreo, secándose al sol.

A los vecinos que cada tanto se acercaban a protestar por el olor repugnante que lanzaban los cueros descompuestos, los italianos les soltaban los perros. Cuando algún policía, cansado de rechazar las quejas de aquellos vecinos y exigirles, para esquivar molestias, formularios y trámites imposibles, decidía por fin acercarse al rancho de los Pappa, ellos lo arreglaban con una botella de vino o un cuerito que al hombre le serviría de alfombra.

El Partido resolvió que Pedro entrara a la capital.

Lo sentaron en un automóvil sin capota para que desde las veredas pudiera verse el famoso sombrero; a él no se lo veía, ya que su escaso metro y medio no le permitía descollar sobre las portezuelas, pero el sombrero de plumas, que en afiches de colores cubría muros y paneles de toda la ciudad, provocaba saludos de sorna y simpatía y gritos de reconocimiento.

Al temor inicial ante las altas moles grises que parecían dispuestas a echarse sobre el automóvil, sucedió el entusiasmo de estar en el centro del mundo. Cruzó avenidas tan anchas como su pueblo de montaña, marañas de carteles y anuncios luminosos, alamedas donde hombres y mujeres corrían embutidos en pantalones de goma, todos ellos sudados, a punto de morir. Nada se parecía a la provincia; algo más agitado, casi urgente, establecía el paso de la gente.

Vio monumentos de patriotas rodeados de jardines e imaginó la estatua que alguna vez levantarían para él.

Su idea fue clara: nada podría arrebatarle esa ciudad de maravillas donde estaban las Llaves del Reino.

Y, pronto, por las artes del azar y su viveza las Llaves le pertenecieron.

Había ido de esquina en esquina atrayendo, junto al público de alquiler, curiosos que aplaudían cuando él invocaba a la Virgen o al santo más querido del barrio. De manera que el Partido se encontró de pronto con la fama de Pedro. Lo impreciso, curioso y a la vez simpático suele ser, en esta parte de América, más atractivo que un argumento riguroso y útil.

El Partido resolvió, entonces, que el candidato a Presidente, es decir, el próximo Presidente, sería elegido en una cena de discusiones: se enfrentarían Pedro y un caudillo bravo que conocía todas las mañas.

El caudillo era un hombre enorme, de ojos furiosos, que fácilmente golpeaba con el puño la cara que tenía delante si algo le desagradaba.

Cuando se sentaron a la mesa, el caudillo lo observó con desprecio. "¿Este ratón quiere ser Presidente?" dijo, y sus compañeros festejaron. Después, mirándolo, preguntó: "¿De qué vamos a discutir, payaso? ¿de sombreros, de plumas, de peinados?". Como Pedro no contestaba, medio enojado sentenció en voz alta: "Es una falta de respeto que me pongan esa cosa delante".

El silencio de Pedro y las risas de los que acompañaban al caudillo anunciaban un resultado seguro: no iba a haber discusión, el hombre ganaba por knock out.

Pero cuando tomaron unos vasos de vino y empezaron las afirmaciones sobre lo que cada uno haría por el Partido si llegaba a Presidente, el caudillo, después de un par de frases dignas, pronunció palabras inesperadas. Por ejemplo: "A mí no me jodan, voy a hacer lo que quiero", y también "Me chupan bien un huevo"; advertencias y propuestas que sonaban dirigidas a sus correligionarios.

Todos oyeron después las expresiones barrosas y el devaneo en que se fue perdiendo el caudillo hasta quedar despatarrado, con medio cuerpo durmiendo sobre la mesa.

Nadie había observado al mozo en el instante que vaciaba un sobrecito en el vaso del caudillo ni la mirada cómplice de Pedro.

Aquella noche designaron a Pedro candidato del Partido y los hechos, después, sucedieron con naturalidad: como agobiados por obstáculos futuros, los otros partidos no intentaron vencer, participaron en los comicios con desgano, como se acude a un rito inevitable, y sin sorpresa para nadie, el candidato del Partido fue electo Presidente. Pedro Montes fue elegido Presidente de la Nación.

Ningún periódico cruzaba la barrera de montañas que entornaban al pueblo, y los que llegaban envolviendo paquetes y encomiendas eran viejos, de semanas o meses. De manera que las noticias se conocían por la radio o los aparatos de televisión de los vecinos de más vuelo que después las comentaban en la peluquería y el boliche usando un tono de sobreentendidos, como si los que escuchaban estuviesen al tanto: "Qué canalla el muchacho que mató a su novia", "¿qué me dicen de la abuela que parió a los cien años?" y otras frases que picaban el interés de todos. La política, tan frecuente en las conversaciones de los hombres, para esa gente de pueblo era algo ajeno, de otros, y no tenía la gracia de los chismes que permitían citar hechos distintos a las monotonías del hogar, la salud de los más viejos, los efectos de la lluvia o la seca en la montaña, las charlas de rutina.

Cuando en el pueblo corrieron versiones sobre los éxitos de Pedro Montes, todos estuvieron de acuerdo:

era otro con el mismo nombre, no el enanito que antiguamente ellos cargaban en la calle.

Por eso, cuando apareció el automóvil oscuro, largo como una serpiente, con las chapas lustrosas como si no hubiese cruzado una pared de polvo en la montaña, y se detuvo ante el rancho de los Montes, y un momento después se vio salir al hombre con su botella de alcohol y su cara de nada y a la mujer con un ataditio que sería de ropa y un bulto grande, como una caja envuelta en un mantel, y subieron al automóvil sin despedirse de los que miraban, el pueblo se quedó callado; un silencio que duró varios días; hasta los bichos dejaron de hacer ruido. Cuando alguien, por fin, pudo hablar, dijo apenas, con más asombro que envidia:

—Estamos todos locos.

El viaje fue horroroso. Los Montes sólo conocían la velocidad que precisaban para alcanzar a un animal que se escapaba, y ahora el universo entero huía en las ventanillas del automóvil. El hombre sintió que iba a vomitar, de manera que tomó unos tragos de alcohol y se calmó, pero de a ratos, contemplando el camino, murmuraba "Dios nos guarde". La mujer sacó un pañuelo del atadito de ropa, se tapó la cara y ya no miró el espanto que sucedía alrededor.

En la capital, el automóvil se detuvo ante un gran edificio, un hotel de mármol blanco con banderas en la puerta. Se acercaron un joven de librea y un policía uniformado para ayudarlos a bajar. Al ver los uniformes y tanto resplandor en los vidrios y la ropa estrafalaria de la gente, el susto los detuvo.

Alguien dijo, para ellos, algo sobre su hijo, pero no lo escucharon, sólo querían volver a estar solos y protegerse de toda esa rareza.

En el cuarto, más grande que su rancho, el hombre, callado como siempre, se sentó con su botella junto a una ventana (no se le animó al balcón: un piso muy alto y el ruido peligroso de la calle) y allí se quedó mirando afuera, con el gesto de todos los días. Ella sacó el mantel que envolvía el bulto que había traído, levantó la puerta de la jaula que apareció sobre su falda, y un cabrito mamón salió desperezándose; se pegó un resbalón ni bien pisó la madera encerada y fue a parar debajo de la cama, pero después tomó la mamadera que la mujer puso en su boca y le lamió la mano para agradecerle o para hacerle saber que estaba satisfecho.

Llegó Pedro. Parecía distinto, impresionaba: traje verde loro, camisa colorada, ancha corbata amarilla y zapatos como espejos, uno de esos hombres elegantes que trabajan en el cine según dicen los que alguna vez fueron al cine, pensaron sus padres. Ya no usaba el sombrero que lo había hecho famoso.

Pedro se detuvo un instante para que lo observaran y sus padres se pararon con respeto.

Se saludaron como se saludaban ellos, no mucho, medio abrazo, un beso rápido. Pedro preguntó:

—¿Se enteraron que me eligieron Presidente?

—¿Y de ái? –preguntó el padre con curiosidad. Pero la madre dijo:

—¿Qué vas a hacer entonces?

—Y, trabajar de Presidente.

—Tá bien, ha de ser buen conchabo –aceptó el padre. Y agregó–: No es pa'dispreciarlo.
—Mañana es la ceremonia.
—¿En la iglesia?
—No, en otra parte.
—¿Va a habir un cura?
—Creo que no.
—¿Qué ciremonia es ésa, m'hijo? Cosa de rinegaos –protestó entonces su padre. La mujer aclaró el pensamiento de su marido:
—Esa gente que habla mal de Dios. En nuestro pueblo no hay, pero aquí ha de haber muchos.
Para tranquilizarlos, Pedro dijo:
—Sí, ahora me acuerdo, va a haber un cura. –Después, como sus padres no entendían del todo, siguió diciendo:
—Mañana juro.
—¿Qué jurás?
—Hacer bien el trabajo de Presidente, ser honesto, todo eso –explicó Pedro.
La madre lo miró preocupada:
—Tené cuidado, hijo, después no vayas a fallar, mirá que un juramento es cosa sagrada. Y el diablo siempre anda tentando. –Agregó con el alma–: Jurá por el santito, él se ocupa.
Su padre advirtió:
—Dios te manda cascotear el rancho si faltás.
—Quédense tranquilos, voy a cumplir.
—Menos mal.

La ceremonia tuvo el desorden natural de estos países de América. Nadie conocía su ubicación ni respetaba los cartelitos con nombres clavados a los respaldos, los que primero llegaban ocupaban los asientos reservados a ministros y embajadores extranjeros, bandadas de gorriones y palomas se entretenían volando en el salón, la voz del locutor que propalaban los parlantes era un rumor con eco y sus palabras se oían amontonadas, sin la habitual separación de las palabras, en la araña del centro estallaban en añicos las bombitas de luz, quizá por el calor que subía de la gente, y todos sudaban y hablaban a los gritos, entusiasmados con la reunión.

En el escenario, el metro y medio que era Pedro quedó oculto un momento entre piernas enormes de custodios y punteros de barrio y las altas y bellísimas piernas de las mujeres que habitualmente se acercan al poder para canjear favores y embaucar pavotes con cuentos de amor. Cuando reapareció bajo los reflectores, la cabeza de Pedro, enorme y transpirada, parecía una lámpara.

En un palco, Petrona Pappa permanecía de pie junto a la baranda para que todos pudieran contemplar el vestido de gasa con manguitas alzadas que parodiaban las alas de un ángel y, sentados junto a ella, sus tíos enormes bufaban encerrados en sacos estrechos, prestados tal vez por un vecino.

Los padres de Pedro entraron al palco contiguo. Ya estaban allí los antiguos compañeros de pensión: Jacinto y Nicanor. Hombres cumplidos, consideraron que los padres del nuevo Presidente debían ser saludados con especial respeto, de manera que uno de ellos, al estrechar sus manos, hizo una profunda reverencia y el otro dijo "Mucho gusto señor padre del señor Presidente", "Mucho gusto madama".

A la mujer la confundió tanta educación, de manera que bajó la cara, los ojos más de cabra que nunca, murmuró "Mucho gusto" y se sentó en el borde de una silla. Su marido no supo qué hacer con las manos que esos hombres extendían hacia él, así que, turbado, sin mirarlos, pidió permiso, "¿Aura nos sentamos?" preguntó, y ocupó su silla.

Hasta que la ceremonia terminó, los Montes permanecieron inmóviles, sin aplaudir ni vivar y mirando al escenario sin cambiar el gesto, como si se tratara de algo ajeno a su familia.

El juramento del nuevo Presidente no se oyó, nada podía oírse en ese escándalo de voces y de risas, pero se imaginó, se supo, por el bracito extendido sobre un libro gordo que sólo podía ser la Biblia, y el salón, entonces, fue un estruendo unánime de gritos y marchas de victoria.

La casa de gobierno padecía, o más bien ostentaba, la sobriedad que corresponde a una república. A comienzos de siglo, alguien, ingenuamente, la pintó de verde para transmitir sensaciones de esperanza y, desde entonces, la llamaron la Casa Verde. Los pasillos profundos evitaban el calor con techos altos y muros gruesos, entre patios perfumados y engañosos: el agua de algunas fuentes y canteros de flores que simulaban jardines. Prevalecía un silencio de trabajo y respeto.

Pasado el entusiasmo de los agasajos, encerrado en su despacho de Presidente, contemplando las pilas de expedientes que debía firmar, escuchando las explicaciones de sus secretarios, invariablemente referidas a pesares del inmenso país, Pedro Montes pensó con disgusto que su trabajo podía ser aburrido.

Este pensamiento lo afligió: tanto había deseado alcanzar ese cargo, y ahora comprobaba que sólo eran lucecitas de colores.

Para variar, hacer algo distinto, se casó con Petrona. Una propuesta rápida que ella aceptó sin alharaca, sin expresiones excesivas.

Petrona poseía una cualidad sorprendente que, en aquellos días, a Pedro le agradaba. Tan simple y silenciosa, era, sin embargo, una mujer de cama alegre: en el momento de más goce, no emitía lamentos, ni aullidos, ni gritos de loba herida, ni deletreaba el nombre de Pedro con la pena con que algunas mujeres anuncian que han logrado el instante de la dicha absoluta; Petrona proclamaba su orgasmo con una carcajada y se desarmaba en estertores de risa, hasta que la última gota de placer le empapaba las piernas.

Después recuperaba su silencio de abismo, se apagaba, se calzaba un chicle al fondo de la boca y dejaba la cama de nuevo inexpresiva, como si nada hubiera sucedido.

La fiesta de boda fue íntima. Años después, Pedro recordaría con asombro la sobriedad de aquel festejo: solamente los tíos de la novia y unos pocos amigos. Los padres de él habían huido de la ciudad endiablada jurando no volver.

Empezó un tiempo apacible, un breve lapso en el que Pedro disfrutó, con su corazón sencillo de antes, el silencio tranquilo del hogar, el sosiego de la casa después de la jornada de trabajo, el olor humilde de un guiso de lentejas en la paz del comedor.

Pero duró poco esa dicha sin estrépito; pronto apareció, como promesa de eterna alegría, el lado oculto y deslumbrante del poder.

Pedro, tan bajito, tan cuerpo de ratón, jamás había soñado con el favor de las mujeres, como el ciego no sueña los libros ni la luz porque sabe que es inútil; y ese campo vedado, que es el Cielo en la tierra para un hombre de pasión, no lo amargaba, lo aceptaba como se aceptan los hechos razonables, una consecuencia natural de su figura; sólo Petrona, tal vez por distracción o aburrimiento, se había fijado en él.

Pero ahora, ya bien sentado en su sillón de Presidente, mujeres de distinto espesor se dirigían a él con sonrisas y muecas novedosas.

Ilustrado por un antiguo funcionario de la Casa, supo que no era difícil el acceso a las mujeres que llegaban con pedidos, envueltas en mohines y polleras ajustadas; resultaban alcanzables aún las que sobresalían medio metro sobre su cabeza y aceptaban fotografiarse junto a él, una imagen ridícula que normalmente a las mujeres les espanta.

De este modo, el Presidente conoció un mundo que no había imaginado. Durmió sobre tetas inmensas, su pequeño cuerpo envuelto en promontorios tiernos o macizos, no importaba, pero altos, de anchura generosa, descubrió también el goce de chupar sus picos y notar diferencias, pezones morados o rosas, de gusto dulce o agrio, todos sabrosos, con arruguitas algunos, erectos, caídos, forma de rulo o serpentina otros, mordisqueó nalgas suculentas y entró con su vara golosa a los grandes y a los pequeños culos que se le ofrecían magnánimos, sin los remilgos que ciertas mujeres oponen a esta suprema ambición de los varones, la manzana prohibida del Paraíso que puede ser la Tierra.

Pero pasaron los meses y esos recreos se convirtieron en rutinas. De manera que Pedro volvió a aburrirse. Necesitaba novedades para seguir emocionándose.

Recordó entonces las fotos que, una mañana que parecía de otro siglo, halló en una revista olvidada en la escuela, las fotos que por años trastornaron sus sueños y por las que decidió ocupar, algún día, el cargo de Presidente de la Nación para gozar las playas que acababan en palmeras y los vastos y suntuosos salones donde toda la gente era dichosa entre delicias y mesas de champagne, disfrutar las bellas y elegantes mujeres retratadas en poses de reina, no las baratijas que venían a regalarse por un favor o un empleo, y contemplar sonriendo el mundo, como los varones de esas fotos, con un vaso en una mano y un habano en la otra.

Privado de los hondos placeres que sólo incumben al alma sensible, la gracia de la música, la contemplación del horizonte, un perfume de mujer que ha quedado en el aire, y reducido al goce de lo que es posible poseer, Pedro, inspirado en aquellas fotos, empezó a componer una idea notable mientras leía las carpetas apiladas sobre su escritorio.

Acostumbrado en sus gastos a cifras de uno o dos ceros, descubrió con estupor que la compra de guardapolvos o leche para las escuelas públicas superaba el valor de todas las casas de su pueblo, incluidas la iglesia y la comisaría, y que se necesitaban dos renglones para escribir el precio de un avión o de un buque en desuso.

Pensó, dudó, volvió a pensar, imaginó el futuro, que podía ser apagado como un papel viejo o hermoso como las fiestas en las casas más ricas de su pueblo que él espiaba trepado a un tapial y decidió que era absurdo juzgar ajenos esos números que el Cielo le mostraba.

Reunió a sus secretarios, hizo un discurso sobre el deber del gobierno de asegurar la dicha de la gente y afirmó: "Para hacer feliz al pueblo tenemos que ser felices nosotros, los gobernantes, un grupo de hombres desdichados nunca puede alegrar a los otros".

Habló de los ceros infinitos que referían las carpetas y propuso lo que debía proponer. Hubo sorpresa, rápidos cálculos y un entusiasmo de niños golosos por el futuro que él les mostraba.

Un funcionario, cuyas tareas eran inciertas, pero a quien el Presidente le había dado un empleo por un favor recibido en sus tiempos de pobre y también por sus modos paisanos y sus costumbres de campo, al oír las cifras que se decidían en la Casa Verde sin que, hasta aquel momento, quienes las aprobaban obtuvieran de ellas el menor pedacito, exclamó sorprendido, con voz aflautada y graciosa, contagiada, quizá, del chillido de gansos que había cuidado hasta obtener el cargo:

—Es una picardía, no me diga, tanto dinero que se va inútilmente.

El Profesor –apodo del Secretario de Educación– era un hombrecito severo, de ojos quietos y hablar ceremonioso. Vestía siempre una levita brumosa, pantalón bombilla, moño mariposa y un sombrero hongo que ocultaba, según unos, una marca ofensiva, y según otros una pelada absoluta que lo avergonzaba. Afirmó:

—El Señor le ordenó al hombre tomar los frutos de la tierra.

Como alguien preguntó con interés: "¿Entonces sería algo religioso?", el Profesor agregó:

—No es desacertado sostener que los designios del Señor se encuentran en el alma de los hombres.

La autoridad de esta afirmación (algo enigmática, es cierto) evitó las dudas de los que podían tenerlas y facilitó la alegría y el acuerdo de todos.

Y así nació, inédita y precisa en porcentajes de reparto, la Caja de la Felicidad, que desde entonces proveyó la dicha, o al menos la fortuna, del Presidente, algunos secretarios y unos cuantos amigos.

Designaron Administrador a un funcionario enjuto, de piel gris-amarillo, cuyos vómitos repentinos y abundantes lo hacían indiferente a los afanes de este mundo, un hombre frío y estricto que administró la Caja con rigor de hombre honesto. "No se queda con los vueltos" decían los otros, admirados.

De a poco, el país había hecho sus caminos con los dineros de la gente, juntados año a año por el recaudador de impuestos. En un comienzo, habían sido de tosca apisonada, después piedra bola, adoquines y, por fin, asfalto. Algunos eran lisos como una mesa de billar, otros tenían grumos y breves hondonadas, pero unos y otros llevaban sobre sus espaldas el tránsito de todos. El país había tardado un siglo, pero los había hecho. Y ahí estaban, abiertos a todos los vehículos, sirviendo generosos.

—¿Por qué tienen que andar así, como Juan por su casa, sin pagar nada, si los caminos los hicimos nosotros... bueno, el Estado? –preguntó en una reunión de gabinete un secretario del Presidente.

Su voz era de franca protesta y asumía un tono razonable, de manera que varios colegas expresaron su acuerdo.

Uno de ellos llevó los ojos al techo y calculó:

—Por mi pueblo, nomás, debe pasar un batallón de autos por día. A unos centavitos el cruce, imagínense...

Hubo una reunión con amigos que andaban en la mala, personas ajenas al negocio del asfalto y el cuidado de caminos, pero todos de confianza. Hablaron, discutieron. Con un antiguo y prestigioso refrán, el Presidente cortó un amago de debate sobre la parte de cada uno en las ganancias:

—A caballo regalado no se le miran los dientes, así que no jodan –dijo.

Se repartieron las rutas: una a cada amigo, que desde ese día se llamaron Camineros.

Se alzaron casillas de peaje con robustos cobradores. Ante las protestas de los que se consideraban encerrados, impedidos de andar por ahí sin tener que pagar y gritaban con furia que podían, que era su derecho, que la Constitución y todo eso, los cobradores salían de las casillas y bramaban amenazas:

—Para pasar se paga y el que no paga se vuelve. –Y mirando al segundo automóvil de la fila, ordenaban–: El que sigue.

Aunque no era menester desparramar asfalto ni cumplir los trabajos que el país ya había hecho, los Camineros no se refugiaron en el ocio: cortaron el pasto circundante y pintaron sobre el asfalto líneas blancas y amarillas que quedaron bonitas. Y en poco tiempo recibieron dineros como si hubiesen construido aquellas rutas.

La Caja de la Felicidad obtenía su porción y el Presidente y sus amigos lograron cambios inmediatos en su vida.

Y esos cambios fueron cada vez más hondos, ya que la buena fortuna de esa gente se siguió acrecentando en un alborozo de negocios y piruetas de ingenio y el dinero les llegó en chorros de oro por cauces infinitos.

Florecieron, entonces, mansiones que embellecieron las zonas de más lujo, célebres decoradores pusieron el buen gusto que era ajeno a esas familias que accedían de pronto a la riqueza, los pájaros tuvieron en los nuevos y vastos jardines ramas exóticas para posarse y armar sus nidos, hubo, incluso, entre las mujeres de los recién afortunados sanas competencias por la opulencia de sus mansiones, por las plantas distribuidas en sus parques, por el aroma de las flores que ellas rociaban con perfumes de Francia cuando recibían visitas, por las estatuillas de yeso, cisnes, cervatillos, enanos con campanitas y gorros colorados que colocaban con orgullo entre los árboles, competían también en la altura de las torres que miraban los más nobles espectáculos –lentas curvas del río, extensiones de césped radiante, campos con majadas y rebaños–, en cuya cúspide invariablemente aparecían retratos del Presidente a quien debían esa dicha inesperada.

Los primeros tiempos, cuando aquellas mujeres eran todavía como eran, sin masajes, cirugías, trotes sofocantes, regímenes de muerte ni personal trainers gritándoles sus órdenes y acariciándoles las partes que debían disminuir, algunas recibieron los apodos que convenían a su aspecto. "La dos mujeres" llamaron los secretarios del Presidente a la esposa de un colega, tan ancha y espesa que su traste tardaba un buen rato hasta llegar a donde había llegado su pechera, "El grano" a una mujer como un montículo, achaparrada y jibosa, a otra "Rayador" por las arrugas que raspaban al rozarla, "La siete culos" a una señora más bien delgada que amontonaba debajo de la espalda un bulto tan enorme que no podía ser uno solo.

Después, cuando los artificios que el dinero provee hicieron su trabajo, los apodos cayeron ante las nuevas y fastuosas figuras.

De todos modos, en verano, algunas se privaban de las playas de moda para no exponer sus tetas falsas, las ramitas azules de las venas en la piel estirada y transparente y la cicatriz inevitable de la panza junto a los cuerpos jóvenes. Pero de noche, vestidas disfrutaban.

En el boliche de don Ismael, donde se paladeaba la ginebra y, a la hora del ocio, los parroquianos disfrutaban sus partidas de naipes, más por el placer de chucearse con frases de provocación que por las monedas que arriesgaban, las noticias de afuera se comentaban sin pasión ni enojo.

—Había sido un tapao el hombre –dijo uno. La radio describía los éxitos políticos de Pedro Montes, ahora Presidente, y alguien los refería en la mesa.

—Tan sonsito que parecía –agregó otro, sin obtener sonrisas ni palabras de apoyo que podían ser después inconvenientes, por más que nada de lo que sucedía en el pueblo importaba más allá de las montañas.

—Y diz que aura va siendo un hombre rico –dijo un viejo con admiración. Había probado todos los oficios y al final de la vida había logrado un ranchito esmirriado y doce chivos.

—Así dicen –comentó otro. Pero este hombre produjo en seguida un cambio en la conversación ya que arrojó sobre la mesa un naipe que desató gritos de triunfo, risas y protestas. –Poniendo estaba la gansa– agregó, mientras recogía los garbanzos que formaban el pozo y después se convertirían en monedas.

En el rancho de los Montes no se comentaban las noticias que llegaban del país, tan distante para ellos. Ambos pensaban en el hijo. Quizá les afligiera que su nueva fortuna, sus amigos y costumbres distintas lo cambiaran. Y tal vez temían algo.

Conocían el campo que, tan quieto y callado, parece vacío, usted anda unas leguas sin cruzarse con nadie, sólo piedras, remolinos de pasto, y cree que está solo, pero después se entera de que alguien ha descrito sus pasos, qué rancho visitó, en qué árbol se detuvo a orinar, dónde se cruzó con una vaca extraviada o con un bicho salvaje y comprende que el campo es sensitivo, percibe lo que ocurre, lo que va a suceder, y tiene modos de anunciarlo. Los Montes lo sabían y temían sus anuncios.

Aquella noche, en el rancho de los Montes, no obstante que no venían del campo ni del cielo estrépitos de luces ni el aire era filoso, en el silencio del matrimonio había un detalle distinto, el detalle mudo pero inconfundible de la preocupación; miraban la ventana, como si el campo les fuera a decir algo.

Acostados, trataron de pensar en el sosiego de las cabras y la huerta para lograr en paz el sueño, pero la penumbra del dormitorio fue testigo por horas de sus ojos abiertos, él hacia un costado, ella al otro, para no mostrarse el malestar que los tenía despiertos.

Y esa misma penumbra les vio el gesto de espanto cuando, desde el espinillo vecino a la ventana, el cuervo gritó una, dos, varias veces, abriendo enorme el pico y mirando al rancho, como si gritara para ellos. Como si fuera para ellos su grito agorero.

El destino de ciertos dineros fue impreciso, nunca se supo si llegaron a la Caja de la Felicidad para su decente prorrateo a través de los sobre puntuales que el Administrador repartía cada mes, o quedaron, en cambio, enredados en algún secretario del Presidente; pero jamás hubo reclamos ni muestras de rencor; sobraba la abundancia y la fiesta seguía para todos.

Un Secretario organizaba las citas del Presidente. Por el énfasis de quienes venían a pedir esos encuentros, juzgó que era un malgasto entregar sin más esos minutos de diamante, cuando bien podían pasar por la empresa de su mamá, una mujer osada que desde su llegada a América vendía yuyos de consuelo, hierbas curativas, mapas de la buena ventura y amuletos de amor, y podía ahora vender tiempo concediendo a buen precio las codiciadas entrevistas, "quedándonos el trozo pertinente, madre mía" explicó el Secretario, que siempre pensaba en su familia. No sé si, además de la familia, la Caja tuvo parte en aquellos beneficios.

Tampoco se conoció el último destino del dinero que un banco sin nombre ni fortuna, borroneado en una isla de ciclones y ciénagas de sombra que se tragaban todo, pagó en confianza a la Directora del Banco del Estado por el depósito de parte del Tesoro. Aunque no fue difícil suponer el destino final de ese dinero ya que aquella Directora, que había sido hasta entonces una pirujita simpática de barrio, se vistió, viajó y vivió después como una reina coronada.

Un incidente hubo, pero se resolvió sin estrépito:

Un Secretario vendió a los gringos los pinos de toda una provincia. Leñadores con un siglo de oficio, que sólo derribaban los troncos más viejos y las ramas enfermas, gente de amor y de paciencia, rodearon los árboles queridos con hachas y escopetas para protegerlos. Pero los gringos mandaron avioncitos que lanzaron sobre ellos un humo azul espeso que los hizo correr al baño de sus casas, y con sierras feroces convirtieron esos bosques de siempre en desiertos de cien años. El Secretario fue increpado por algunos colegas a quienes disgustaba su inclinación a conservar enteros los cofres de gratitud que entregaban los gringos, pero él los paró en seco, dijo que se fueran a quejar al Presidente, o fue, tal vez, aún más claro: Hago negocios para el Presidente, dicen que dijo. Nadie contestó ni siguió protestando.

Pero siempre hay envidiosos, gente de bilis y mirada oscura que no soporta la dicha de los otros, los describían en el gobierno. Criticaron e hicieron denuncias: que ese ratón de arrabal habita ahora el edificio más lujoso del centro, con piscina y ascensores que saludan a los pasajeros con voz de metal moribundo, que al que vendía tortas fritas en calles del suburbio le ha brotado un palacio, y otras muchas palabras de enojo contra el deleite de esa gente.

Pero el Presidente dijo no se preocupen muchachos. Como quien llama a un dependiente, mandó llamar al juez, uno de los pocos que quedaban ya que otros, jueces dignos que no habrían consentido la intromisión de un presidente, habían renunciado, hartos de tanto despropósito.

El juez era un hombre sensible a los placeres que los envidiosos denunciaban. Además, recibía cada mes un sobre gordo de billetes clandestinos destinados a su felicidad. Entre promesas y diálogos, se entendió con el Presidente.

Las denuncias pasaron, entonces, al cajón donde se olvidan los papeles, y cuando un rumor se volvía molesto el juez hacía prodigios: "la arrancatoria", una mano le arrancaba al expediente las hojas más ingratas y el juez decía entonces "se perdieron, qué le va a hacer", sentencias de absolución que culpaban al padre ya muerto del funcionario de pronto enriquecido por haber impuesto al hijo una ambición desmedida de opulencia, e ingenios parecidos.

Cuando un cagatintas del juzgado, en desacuerdo con su jefe, describió sus artimañas, el juez actuó con astucia. Fotos de encuentros del cagatintas con amigos y grabaciones hábilmente trucadas se convirtieron en gestos y palabras de pasión. Exhibiéndolas, haciéndolas oír, el juez declaró a los periodistas: "No hablo de temas privados, la dignidad de mi cargo me lo impide, pero ese muchacho es puto, me denuncia porque no quise prestarle el pajarito".

El cagatintas huyó avergonzado, de una vergüenza inventada pero que ya era verdad porque estaba en los periódicos, y en los cafés y las peluquerías comentaban con sonrisas las palabras atrevidas del juez.

Llegó al juzgado una foto del juez con un ojo tapado. Sus empleados entendieron, con regocijo, que le habían dicho pirata; pero él declaró que era un elogio, una alusión a la ceguera de la Justicia, que bien podía ser tuerta.

La casa denunciaba el decoro y los hábitos sencillos de la familia. Adornos de buen gusto en las habitaciones sin lujo, la cocina espaciosa, el patio perfumado, la galería de sombra a la que abrían los dormitorios, la sala para reunir a los amigos y, al frente, enredaderas de flores azules y un alero de tejas que permitía pensar en refugios de lluvias, charlas de vecinos y los breves y urgentes encuentros de amor que auspician los umbrales. Los dibujos alegres del empapelado y la luz en las amplias ventanas contribuían a la dicha tranquila de la casa.

Es posible afirmar que Rafael Romero y su esposa Cecilia, cordiales, alegres, amigueros, y Beatriz, su hija, luminosa, espléndida, no necesitaban más de lo que eran y tenían para dar gracias a Dios cada mañana.

Rafael y Cecilia Romero, como cien mil personas, vivían de la empresa de carbón.

El subsuelo del país era un vasto lecho de carbón que movía las máquinas, los barcos nacionales que en ese tiempo andaban por los mares del mundo, encendía las luces, la vida en las ciudades y le daba dinero al país, inmensas cantidades de dinero a la empresa oficial que lo sacaba de la tierra. Cien mil personas trabajaban en la empresa de todos y la cuidaban como a un tesoro personal.

—¿Cuándo tomás las vacaciones? –preguntó el Negro.

—En enero, como siempre –contestó Rafael mientras pedía, con un gesto de dedos alzados hacia el mostrador, otra taza de café.

—¿Y a dónde van a ir?

—Al mar, como siempre. Somos bichos marinos.

—¿Va toda la tribu?

—Beatriz había pensado en ir a la montaña, una travesía a caballo, esos paseos de gente joven, pero felizmente cambió de idea y parece que viene con nosotros cuando termine los exámenes en la Facultad. Por supuesto, también viene Gastón, su novio.

—¿Buen muchacho, no?

—Excelente

—Y los viejitos chochos de tener a la nena con ellos en vacaciones.

—Chochos y babosos.

El Negro sonrió, también sonrió el mozo, un antiguo conocido, que escuchó esas últimas frases de pie junto a la mesa.

En un tono de afecto, el Negro concluyó:

—Con una hija así, yo también sería baboso. –Y agregó: –Es maravillosa.

Beatriz Romero culminaba sus estudios de periodismo cuando halló en el diario un aviso que ofrecía un empleo en la Oficina de Prensa del gobierno. Supuso que los aspirantes serían muchos y tal vez algunos contaran con padrinos. De todos modos, fue a la Casa Verde.

Era la tarde y, sin embargo, cuando ella entró, fue como si empezara la mañana en los pasillos. Todos se detuvieron a mirar la figura de mimbre y alegría que daba pasos ligeros y suaves, tan leve que abría las puertas sin tocarlas, un rostro de sonrisa constante, aún cuando no sonreía, de dientes generosos y labios gruesos, reales, no de goma inyectada, y aspiraron el perfume inocente que al pasar mejoraba los ámbitos grises.

Los corredores de la Casa Verde fueron para Beatriz los libros de Historia de sus tiempos de escuela. Los patriotas que imaginaron la República, los austeros presidentes que la hicieron y hasta los temerarios que arriesgaron su vida y su fortuna en años de tinieblas, todos andaban por ahí, no como fantasmas, como personajes de ternura con sus discursos y proezas que, años antes, ella recitaba en el Salón de Actos de su escuela.

Las salas de polillas y terciopelo de otro siglo, el patio umbroso, el aljibe del que habían bebido los primeros caballos de la Patria le añadieron, al deseo de obtener el empleo, una emoción inesperada.

Cuando entró a la Oficina de Prensa, los más burdos pensaron, por costumbre, que era una mujer de cama activa, que buscaría beneficios en revolcones con el Presidente. Pero, en seguida, todos sintieron el encanto de los ojos limpios y la sonrisa fácil de Beatriz.

Tal vez la gracia sin esfuerzo de esa muchacha, tal vez su fina inteligencia, algo conmovió al jefe de la Oficina de Prensa que al verla supo que, inevitablemente, el trabajo ofrecido sería para ella.

El país contemplaba admirado las fotografías de los nuevos ricos. Las revistas que describían sus fiestas olían a seda y a dinero y, como siempre ocurre, el pobrerío soñaba con un golpe de suerte que les permitiera llegar al mundo de las fotos, un mundo de peinados brillosos, playas infinitas, risas y champagne.

El espectáculo era suntuoso.

Pero algo les faltaba a aquellos privilegiados que pretendían parecerse a los poderosos de la tierra. Los escaparates sólo ofrecían ropas de los modistos del país, relojes y zapatos del taller de la otra cuadra, adornos que parecían de entrecasa, no los atavíos de reyes de los gringos, en vez del néctar y ambrosía que imaginaban en sus mesas sólo hallaban en las tiendas el vino de las parras que cubrían una provincia, quesos de cabras criollas, jamón de chancho local, salmón del mar vecino, las cosas de siempre que, ahora que soñaban y empezaban a vivir en esos sueños, les parecían pueblerinas.

Entonces comenzaron designando, para controlar los paquetes y valijas que entraban al país, a un hombre de pasado oscuro, que inmediatamente abrió una puertita a un costado de la Aduana, y por esa puerta pasaron los amigos con baúles repletos de objetos prohibidos.

Cuando esto se supo y estalló el escándalo, el Controlador miró al cielo, invocó a Dios con un nombre distinto, impreciso, en otra lengua, y se justificó:

—Mí no hablar españole, preguntar qui había en valijas pero no entender qui dicir esa gente, mí creer qui traían juguetitos para nenes.

Pero a los nuevos ricos no les eran suficientes esos bultos y baúles para parecerse a los poderosos de la tierra y alcanzar sus sueños de Dionisos.

Así que, sin prudencia ni impuestos protectores, el Presidente abrió las puertas del país y las cosas del mundo entraron en torrentes y un olor encantado de perfumes y lanas y metales lujosos conmovió las calles de más gracia y las revistas del corazón vocearon la feliz semejanza con la mitad rica del mundo, sus delicias por fin en nuestras mesas, los tapados de artistas extranjeros sobre espaldas locales, el whisky y los licores que debían traerse ocultos en maletas ahora se traen en las manos, decían.

Las puertas se abrieron para todo, bulones, zapatillas, juguetes, dentaduras entraron como el aire, con sus precios de broma, baratijas que fabricaban esclavos en tierras de ficción, y los talleres del país, entonces, las casas grandes donde los hombres habían pasado una o más vidas haciendo esos objetos, volaron, se perdieron, sin que a nadie le importara a dónde irían, en ese vendaval de extranjerías.

En el pesado silencio de las máquinas, ese país vio crecer un mundo de hombres y mujeres que contemplaban con terror y asombro sus manos de repente quietas.

—Esto es vida, carajo –exclamó el Secretario de Moral Pública mientras observaba, desde la torre de su nueva casa, el correteo de las liebres en la parodia de colina que había mandado alzar en un extremo del jardín para evocar las lomas de provincia en las que había crecido.

Parecía satisfecho, la imprevista fortuna ejecutaba viejos sueños de opulencia. Sin embargo, algo le fastidiaba.

Las familias de otros secretarios eran felices, él veía el entusiasmo de sus mujeres y sus hijos cuando subían a automóviles pomposos, sus viajes de alegría, sus gozos y sus juegos que las revistas del corazón contaban.

Su familia, en cambio, era distinta; como si el placer les causara disgusto.

Él sólo pretendía que fueran dichosos, que aceptaran la felicidad. Pero ellos se oponían.

Camila, su mujer, y sus hijos, dos adolescentes, se mudaron con él a la casa recién construida; no pronunciaron palabras de elogio, tampoco de crítica, pero andaban por los cuartos como en sitios ajenos, indiferentes a las mesas de caoba, las alfombras asiáticas, los televisores gigantes; trajeron de la antigua casa algunos de sus muebles, sus libros, sus adornos humildes como si prefirieran el pasado, y nada de lo nuevo los comprometía. Ni siquiera se acercaban a la colina de las liebres, no obstante que esos chicos confundían el Cielo con el rincón de la lomada donde su padre había nacido y aún vivían sus abuelos, entre liebres, martinetas y vizcachas.

Al comienzo, cuando empezó brutalmente la fortuna, Camila había preguntado a su marido por el origen de tanto dinero.

—Y, vos sabés, el Presidente es un campeón, piensa en los amigos –había contestado él, sonriendo. Descontaba la complicidad de su mujer.

Pero ella no sonrió. Siguió preguntando:

—¿Cómo es eso?

El volvió a sonreír. Explicó:

—Los contratos del gobierno son enormes, así que nos queda un pedazo, y el Administrador lo reparte como una señorita, hasta el último centavo.

La mujer no respondió, lo observó un momento y se encerró en su cuarto. A partir de ese diálogo, las actitudes de Camila desorientaron a su marido.

Un colega había descrito, en una reunión de gabinete, los beneficios de los colegios de Inglaterra, los privados, claro, los más caros, a los que asistían sus hijos. Esa noche, el Secretario de Moral Pública dijo a su mujer:

—Tenemos que mandar a los chicos a estudiar a Nuyor, para que aprendan bien inglés, que es lo mejor para hacer guita. –Y agregó–: Hay que pensar en el futuro, vieja.

Pero Camila contestó que sus hijos estaban bien en sus colegios de siempre, que el inglés podían aprenderlo en el país, como cualquier otro chico.

El no quiso insistir, su mujer andaba fulera, pensó, tal vez le disgustaba la casa nueva y no quería decirlo para que él no se ofendiera, o desconocía, como suele suceder tras las mudanzas, especialmente a quien se muda de un barrio muy humilde a una zona de palacios como ellos habían hecho; de manera que esperaría para volver a hablar del tema. Pero no le iba a aflojar, sus colegas mandaban a sus hijos a estudiar a colegios de Europa o Norteamérica; él no iba a ser menos.

El mismo desconcierto padeció el Secretario cuando trajo de regalo a su mujer un Rolex de oro, con brillantitos alrededor de la esfera. Ella lo observó en su estuche, no lo recogió, sólo dijo:

—Eso cuesta una fortuna. No es para mí. –Alzó su brazo y agregó–: Para ver la hora me basta con éste.

Y algo parecido dijo, pero ahora con un gesto que anunciaba el sentimiento de alguien que está lejos, cuando él le propuso que fuera, como las mujeres de algunos colegas, a las casas de alta costura y a peinadores de moda.

—La esposa del Pancho tiene una cajita con ojos, todos distintos, verdes, amarillos, azules, los usa en las fiestas, se va al baño y se cambia el color, qué plato –comentaba el Secretario para entusiasmarla. –Y se va a meter una inyección en la trompa, para hinchársela, como hacen las artistas, quedan fenómeno, dicen.

Pero su mujer oía esos comentarios, que en realidad eran propuestas, cada vez desde más lejos.

Gastón entró en la casa cargado de paquetes, besó a Beatriz y siguió a la cocina, donde Cecilia preparaba la comida de la noche; el olor era espeso y sabroso.

—Salve, suegrita –gritó con su risa de siempre y dejó los paquetes sobre la mesada.

Llevó al comedor una botella, se sentó frente a Rafael, llenó dos vasos de vino y alzó el suyo.

—Salute.

—Salute –contestó sonriendo Rafael.

Durante la cena, Rafael le preguntó si seguiría estudiando arquitectura, la carrera que Gastón había interrumpido al venir de su provincia. La pregunta no era inocente: pensaba en el futuro de su hija, ya unida para siempre a ese muchacho con quien alguna vez se casaría.

—Si los putrílagos del Banco me cambian el horario, como me prometieron, retomo en dos meses.

—¿Con tu horario actual es imposible?

—Imposible. Vivo en el Banco. Me hice una carpita en un pasillo, duermo, como, me baño, todo ahí adentro.

—Algunas noches desaparece, pero nadie en el mundo le va a creer que está en el Banco –dijo Beatriz.

—No miento, estoy en el Banco. Pero con mujeres, por supuesto. Tengo una enana en un cajón del escritorio y de noche la saco para que me entretenga.

—Un santo, de la casa al banco y del banco a la casa.

Más allá del horario difícil del banco y los caprichos de algunos jefes, Beatriz sabía que la carrera de Gastón avanzaba a tropezones por sus horas con amigos cuando no estaba con ella, su alma callejera, su intensa vocación de vida y el desinterés que había abatido su inicial entusiasmo por los dibujos y la geometría. Sabía, incluso, que había aprobado con trampas algunas materias: machetes y sobornos con favores y promesas a los más estudiosos para que completaran por él las pruebas escritas. Pero a Gastón no lo conmovían las quejas preocupadas de Beatriz, "Vas a saber muy poco, se te van a caer los edificios". "No hay drama, se estudia después, con el título en la mano", contestaba con su casi imprudente alegría de siempre.

La conversación siguió con frases afligidas, los infortunios que crecían en el país, la vasta sombra de nuevos pobres, la fábrica de juguetes que el padre de Gastón había perdido, víctima de las chucherías que venían de Oriente, pero también hablaron del futuro, de proyectos y gozos que esperaban. Hablaron de la vocación de Beatriz, sus estudios, el empleo que había obtenido en la Oficina de Prensa del gobierno.

—Va a ser riquísima –dijo Gastón–. Con los chismes de la Casa Verde va a poder escribir, no unas notas para los diarios, una novela que se va a vender como agua.

—Imaginate –dijo Rafael–. Con que sea cierto la mitad de lo que cuentan de esa gente, tiene para escribir toda la vida.

—Vamos a ser millonarios gracias a la nena. Nos compramos un palacete y meta viaje al Caribe, como los muchachos del Presidente.

Y así avanzó la noche, grata y tranquila, entre conversaciones de aire puro y bromas distraídas. Hasta que Beatriz, ya a solas con Gastón, describió sus primeras semanas de trabajo en la Casa Verde.

Suele haber, en los enamorados, un curioso deseo de sufrir. En desatinos románticos, vagamente aspiran a la tuberculosis o a una muerte heroica para dejar en el otro una tristeza de amor definitiva, prefieren la melancolía de la tarde y la palidez de la luna a la alegría del sol absoluto y, a veces, impulsados por celos e ideas locas, buscan los bordes del abismo con frases y preguntas que pueden conducir a la catástrofe, aunque aterrados de obtener una respuesta que denuncie un secreto. El ritmo de su corazón se recupera cuando el otro, con naturalidad, con la sencillez que otorga el sentimiento cierto, niega lo que podría abrir las puertas del infierno o afirma lo que desesperadamente se quiere oír.

—Son todos tan amables en la oficina y me tratan tan bien –dijo Beatriz.

—¿Quiénes? –preguntó Gastón.

—El jefe, los empleados.

—¿Son viejos?

—Hay un viejito amoroso que dice que me parezco a su nieta

—¿Y los demás?

—Los demás son jóvenes.

—¿El jefe es joven?

Beatriz pensó un momento.

—Creo que no tiene cuarenta –y agregó–: Es muy inteligente y sabe una barbaridad de periodismo.

—¿Cómo sabés que sabe?

—Por todo lo que cuenta. Ha trabajado en diarios y revistas importantes.

—¿Conversa mucho con vos?

Beatriz contestó con inocencia, sin advertir el cambio que empezaba a sufrir la mirada de Gastón:

—Sí –dijo, y agregó–: Es muy simpático y gracioso. –Y como si esto no fuera bastante para imponer guiños nerviosos y toda clase de tics en los ojos y los labios de su novio, explicó–: Cuenta cosas interesantes, fue corresponsal de guerra, estuvo en el Líbano, en la Guerra del Golfo.

Gastón ya no oía. Sólo imaginaba los encuentros y las conversaciones a solas de Beatriz y ese hombre al que parecía admirar. Sólo faltaba que Beatriz dijera que era buen mozo para que la puntada que empezaba en su pecho se convirtiera en un dolor insoportable. Pero resolvió disimular para que ella hablara libremente, que dijera todo, "que confiese", pensó con amargura. Preguntó con miedo, fingiendo indiferencia:

—¿Conversan en las horas de trabajo?

—Bueno... tengo mi escritorio cerca del suyo, así que charlamos, pero también en el almuerzo.

—¿Cómo?

—En el almuerzo –repitió Beatriz.

—¿Salís a almorzar con él?

— Hay un comedorcito en la Casa Verde.

—¿Ustedes dos solos?

—A veces con otros, a veces solos, depende de los días.

El gusto amargo en la boca se había convertido en un jugo ácido que cerraba la garganta de Gastón. Tratando de ocultar la tormenta que lo devoraba, dijo, como si sólo comentara:

— Así que la pasás muy bien con él, un tipo divertido. Qué suerte tener un jefe así.

—Sí, es un hombre realmente agradable.

Basta, se acabó, pensó Gastón, y se lanzó con ánimo suicida a la cueva del león:

—¿Te gusta?

Beatriz lo miró con seriedad. –¿Qué quiere decir te gusta? –preguntó.

Gastón retrocedió, decidió esperar, actuar con sutileza de estratega para evitar que ella se encerrara en silencios y evasivas.

—Digo, ¿te gusta su conversación, su forma de ser?

—Claro que me gusta, ya te dije.

—Así que la pasás muy bien en la oficina.

—Si, por suerte.

Hubo un momento de silencio. Luego, repentinamente, Gastón resolvió ir directo al corazón, a su propio corazón que, tras la respuesta de ella, quedaría definitivamente roto. Preguntó:

—¿Cuando terminan de trabajar, se va con vos? ¿Toman algo en algún boliche, te acompaña? –Y habría seguido describiendo las imágenes de espanto que en ese instante llenaban su cabeza, si Beatriz no lo hubiese interrumpido:

—No, pobrecito, todas las tardes lo viene a buscar su esposa, una mujer adorable, tiene que ayudarlo porque él no puede irse solo en la silla de ruedas, en la Guerra del Golfo una mina enterrada en la arena le arrancó las piernas.

Gastón prefirió no pensar que el drama de ese hombre le devolvía el alivio, la novia perdida en el horror de unos minutos. Sintió vergüenza.

Pero Beatriz no advirtió, o simuló no advertir, la torpeza de sus celos, y siguió refiriendo el bienestar que disfrutaba en la oficina.

El, entonces, buscó las mejores palabras para hacerle saber qué feliz se sentía por esa felicidad que relataba.

La vida doméstica del Presidente sucedía sin cambios, pareja, cada día parecido a los otros. La mansedumbre de Petrona, su indiferencia ante cualquier proyecto del marido y su presencia esfumada establecían en la Morada, la vivienda de los presidentes, un mundo de sosiego. A la hora del sexo, sus carcajadas nocturnas recorrían los pasillos de silencio, pero pronto volvía la calma de las horas iguales.

Los tíos de Petrona ya no se interesaban en las ovejas del vecindario, no las necesitaban: el Banco del Estado les había construido una fábrica enorme, con máquinas sofisticadas que desollaban y convertían en lujo las pezuñas, la lana y los cueros de cualquier animal: cebras que después eran abrigos rayados y vistosos, vicuñas que derivaban en ponchos de celebración, potros que todavía relinchaban transmutados en botas y hasta mulitas y carpinchos que los Pappa convertían en graciosos sombreritos.

De manera que también para los Pappa, con aquel dinero que no devolverían empezó la fortuna. Vinieron de los arrabales a mansiones y edificios de asombro.

El Presidente advirtió que no era justo que secretarios y amigos disfrutaran el lujo repentino y, en cambio, la Morada continuara siendo una vivienda añosa, de perfume viejo, con su zaguán y los patios al fondo.

No consultó con Petrona. Él merecía algo espléndido; un palacio, pensó.

Un ejército de obreros inundó el jardín y las habitaciones. Voltearon paredes y levantaron otras, los techos de teja antigua fueron cambiados por pizarra azul, con torrecillas que imitaban el castillo de Chambord, cuyas fotos el Presidente descubrió en una revista, con las iniciales de Pedro Montes en hilos de oro y un emblema asombroso, la flor de lis de los Capetos, que el Presidente contempló conmovido en aquella revista.

En la decoración de los cuartos prevalecía el barroco, más bien el rococó, aunque no faltaban motivos de Oriente, estatuillas de Siva con sus brazos de pulpo, entre alfarerías de América, cacharros, tapices con guanacos y llamas, una momia en posición fetal en su cesto de mimbre, bailarinas de cristal ligero y los aparatos más modernos de los gringos, todos juntos, mezclados, un conjunto complejo.

Quizá por venir de un pueblo seco de polvo y cascarudos, el Presidente puso fuentes en los cuartos, algunas con pececillos de colores, y las molduras de los corredores espolvoreaban agua de colonia.

Cientos de pájaros fueron soltados en el interior de la Morada y desde entonces volaron libremente en las habitaciones, picoteando en los platos las noches de banquete y cagando sin cuidado donde se les ocurría, a veces sobre los comensales.

Columnas y escaleras de mármol que alzaban nacientes pisos altos completaron la antigua Morada.

Y el jardín, que fue breve y sobrio por un siglo, se transformó en un parque de placer y sorpresas, con piscinas, arboledas, enanitos de yeso, perros atados con cadenas que recibían latigazos en el lomo para avivar su furia y ofrecer a las visitas el recóndito placer del miedo, laberintos de ligustros cuyo centro escondía, como tesoro para hallar, un busto del Presidente y, a un costado una cancha de polo, ya que el Presidente, que pronto reemplazaría este título, decidió que debía practicar el deporte de los reyes. En su infancia pobre, sólo había jugado con carozos de damasco y bolitas caseras; pero ése era el pasado de otro hombre.

Mandó comprar un pony adecuado a su altura y una tropilla de caballos para los futuros jugadores y fatigó largas mañanas practicando con un taco de juguete.

Cuando las revistas y los chismes de los que habían visitado la Morada describieron aquellas demasías y supo la gente lo que significaba la flor de lis alzada en torrecillas y reproducida en las alfombras y el papel de las paredes y supo también que en el largo comedor los comensales despachaban sin pudor una piara de cerdos o una vaca y las cocinas eran más amplias que sus casas y en el aire de los baños se desataban fragancias y píídos que ocultaban otros ruidos y olores destemplados cuando alguien se sentaba al inodoro, cuando se supo todo eso, todos comprendieron, como él quería que todos comprendieran, que la Morada ya no era la Morada, era el Palacio, y cuando se publicaron sus fotos sobre el pony practicando el deporte de los reyes y otras fotos lo mostraron con sus ropas de fiesta abrazado a mujeres, en tanto los maridos, fuera de foco, sonreían calculando beneficios y mercedes por ese augusto abrazo aunque el bracito apretara en exceso algún lugar de la señora, fotos que después ocupaban los sitios más notorios del hogar de la abrazada, y finalmente, cuando la televisión y las revistas lo mostraron cruzando los salones del Palacio con un manto de reflejos abrochado al cuello y un gesto severo, de acto solemne, entre hombres elegantes que aplaudían (aunque algunos, quién sabe por qué, se cubrían la boca con la mano), la gente supo que el Presidente ya no era el Presidente: era el Rey.

Sólo Petrona no profesó las emociones que entonces abundaban; veía a su marido tan pobrecito al desvestirse, tan esmirriado, tan desmedidamente cabezón las noches que compartían el dormitorio.

Cuando Beatriz Romero cruzó los pasillos de la Casa Verde y se presentó en la antesala del despacho del Rey para entregar las carpetas que el Jefe de Prensa le enviaba, el secretario la observó desorbitado. Pensó ensayar ciertos piropos y enigmáticas propuestas que en ocasiones lo habían beneficiado, pero admitió que esa figura que le hablaba sonriendo era mucho para él; era para su patrón, para el Rey. La hizo pasar.

Antes de verla, el Rey percibió un olor fresco, una fragancia a bosque que nunca más olvidaría. Después sintió como un golpe en el pecho la sonrisa que decía:

—Permiso, Monseñor.

—Siéntese –balbuceó el Rey, observando el bellísimo rostro y extendiendo una mano hacia un sillón.

—El señor Jefe de Prensa le envía estas carpetas.

—Siéntese un ratito –insistió el Rey.

Beatriz obedeció. El se sentó frente a ella.

No se atrevió a pensar que era una de aquellas empleadas que cambiaban favores por ascensos. Esa joven venía de otro mundo, al menos de un mundo distinto al de él y sus amigos.

Le preguntó quién era, qué hacía, a qué aspiraba, con quién vivía y también con quién soñaba. A esta última y loca pregunta Beatriz no contestó "con usted, Monseñor" como habían contestado otras mujeres, respuesta que él siempre había escuchado como se deben escuchar esas mentiras, tratando de creerlas.

Había tal sencillez en las palabras y tanta inocencia en los gestos y el modo de mirarlo que, por primera vez en ese tiempo de todolopuedo, el Rey no se atrevió a contemplar las piernas infinitas cruzadas frente a él.

La conversación fue breve y huidiza, de preguntas inútiles y respuestas formales. Beatriz escuchaba y hablaba con respeto. Pero en esos minutos hubo, en el ánimo del Rey, inesperadas sensaciones: un impreciso y angustioso deseo, como es la nostalgia de lo que no existió pero se extraña, una impresión de primavera, el frío de la menta en la garganta, y por primera vez el Rey volvió a sentir lo que había sentido una mañana en el boliche de su pueblo cuando barría el piso del salón y, entre las mesas aun vacías de clientes, la hija del patrón, casi una niña, bellísima pensó en aquel instante, se acercaba a él hablándole con la naturalidad de los amigos, hasta que don Ismael salió de la cocina y con un gesto le ordenó que volviera a la casa; él no supo lo que ella le había dicho, sólo tenía su imagen, nunca la volvió a ver, pero no dejó de soñarla una noche en sus tiempos de pobre, y después, ya Presidente o Rey, esa chica aparecía de distintas maneras en sus sueños, el fresco de una ola, la ternura de un cuerpo cuyo rostro no veía, un grito de alegría, y esos sueños provocaban, como nada en su vida, emociones de amor.

Y ahora esa mujer sentada frente a él.

Desde el advenimiento de la monarquía, la fiesta fue exultante. Quienes rodeaban al Rey disfrutaron lo que puede disfrutar una corte, ya no secretarios y amigos en una república vulgar.

"Somos como duques o marqueses, qué joder, así que no tenemos por qué andar con chiquitajes", afirmó uno de ellos en una reunión. Una voz de ganso, simpática, sostuvo: "Sería una picardía andar privándose, con tanta cosa linda que se puede hacer". Y otros agregaron comentarios parecidos.

Además, la fiesta nunca iba a terminar. Un rey no tiene plazos, no está sometido a inútiles comicios. La Emisora Nacional anunció que el país ya no gastaría en elecciones, los dineros servirían para escuelas y hospitales.

Hubo críticas a la decisión de gobernar toda la vida, protestas de opositores, "¿Y la Constitución, carajo?" preguntaban.

El Partido quedó desconcertado, lo habían hecho nada más que Presidente y ahora se les escapaba de las manos. Pero en definitiva el Rey era uno de ellos.

El Sindicato General obtuvo beneficios que colmaron los bolsillos de sus jefes y evitaron actitudes ariscas.

Y la gente, como siempre, contemplaba la fiesta desde lejos y disfrutaba la ilusión de sumarse algún día a la corte de elegidos.

Hubo un desliz que no estalló en escándalo porque ese país poseía un enorme estómago vacuno capaz de digerirlo todo, eructar un poquito y seguir aceptando:

Los aviones de la Patria eran alegres y veloces, con bellos sueños dispuestos en torno a los asientos para que los pasajeros los soñaran al cruzar el océano, un gallinerito al fondo para servir huevos del día y carne de pollo fresca en las comidas, y acróbatas de asombro, hombrecitos leves que flotaban en el aire del avión haciendo cabriolas sobre los viajeros, como si no importara la gravedad allá en el cielo.

Sin embargo, el Rey hizo saber al pueblo que venderían los aviones a los gringos y anunció que, entonces, también en el aire serían como ellos, así como en la tierra ya eran Primer Mundo, dijo.

Pero ocurrió entonces lo que habría destronado al Rey en un país de súbditos distintos: los gringos, vaya a saber por qué, tal vez pura alegría por lo que se llevaban o sólo por franqueza, anunciaron la suma de ocho cifras que, además del minúsculo precio, entregaban al Rey para la Caja de la corte.

Se dijeron palabras de asombro en algunos periódicos, pero una vez más las revistas del corazón vencieron con sus presagios de entusiasmo; disfrutaremos en los viajes el confort de los gringos, decían, sus maquinitas, sus comidas, hasta el olor salado de la espuma cuando volemos sobre el mar. Y ya no se habló de aquella suma de ocho cifras.

El negocio de los gringos no era volar esos aviones. Comprados a precio de chatarra, cada parte, el fuselaje, las alas, las turbinas y hasta el escudo de la Patria fueron vendidos al pequeño menudeo.

La gente, entonces, miraba el cielo con nostalgia, esperanzados en ver los perdidos colores y las formas de pájaro alegre, hasta que entendieron que ya no volverían. El cielo del país, como los pueblos de provincia, empezaba a quedarse vacío.

Los pilotos, perdido el trabajo de toda su vida, vanamente buscaron empleos donde aplicar sus artes, pero debieron aceptar que nada en la tierra se parece al cielo y resignarse a órdenes y oficios que desdeñaban sus conocimientos y ofendían su destreza.

Las azafatas –las que obtuvieron trabajo– se desparramaron en tiendas, oficinas, tallercitos, bancos. Todas extrañaban el vasto cielo y el ángel que los niños hallaban en las ventanillas, la calma de las noches que ellas velaban, el mundo que cambiaba en cada viaje. Extrañaban su vida.

Algunas, venidas a mozas de confitería, al servir a parroquianos repantigados de cualquier forma en sus sillones, obnubiladas por la vieja costumbre decían "enderecen sus asientos, por favor", lo que provocaba sorpresa y bromas confusas. Otras, empleadas en peluquerías, en momentos de extrema nostalgia pedían a las mujeres que hundían su cráneo en altos y ardientes bonetes de metal que ajustaran su cinturón por la posibilidad de turbulencias, y esas mujeres, entonces, sin comprender el sentido de esas frases, festejaban con sonrisas para no parecer tontas.

Aunque no estalló en escándalo, la revelación de los gringos desató la osadía de José Luis Testa, un periodista de pasión que jamás respetaba –tal vez no conocía– los límites del riesgo y el temor razonable que suscita. La revelación de los gringos lo estremeció: era una prueba sin retorno sobre la existencia, mencionada por todos en voz baja, de la Caja del Rey y sus amigos.

Sus notas periodísticas fueron, entonces, de furia sobre los sucesos conocidos, los negocios, las malas ventas del reino que producían mareas de nuevos pobres y algunos nuevos ricos.

Tan duras eran sus palabras que, en una reunión de gabinete, un secretario propuso hacer algo contra el entrometido.

—¿Qué se puede hacer? –preguntó otro, con escepticismo.

—Ya se verá, pero hay que hacer algo para que se deje de joder.

Quienes asistieron, nunca olvidarían las fiestas en Palacio y en las flamantes mansiones de los amigos del Rey: los hombres en smokings de distintos colores, algunos con solapas laminadas, las mujeres compitiendo en vestidos de reina aunque, inhabituadas aún a la elegancia, frecuentemente erraban en la elección de los colores y los empastes de sus rostros; también había la sana competencia de las joyas, brazaletes y collares de oro grueso que aún olían a estuche, al terciopelo de las joyerías, manos dejadas con aparente descuido sobre una mesa o el respaldo de una silla para mostrar los últimos anillos, los brillantes gordos y altos, los cintillos de platino que enseñaban reflejos de la luna.

En las cenas, caían pétalos sobre los comensales.

Aquel país nunca imaginó que llegaría a ser como Versailles, una versión lugareña de Versailles.

En las fiestas de disfraz, preferían motivos históricos. Romanos, vikingos, mosqueteros, princesas. Aunque solían cometer errores. Cleopatra, reconocible por la viborita dorada en la frente, largos ojos egipcios y una diadema de auténticos diamantes, entraba del brazo de Nerón, Sócrates mostraba un grueso libro que ostentaba su nombre de autor, Julio César vestía túnica y atributos de emperador, Margarita Gauthier, pálida de tuberculosis, tosía abrazada a D'Artagnan, el general George Washington, con peluca gris y rouge en los labios, apretaba una mano contra su chaqueta para calmar los dolores de estómago de Napoleón.

Había disfraces francamente graciosos: el corpulento Secretario de Catástrofes entraba a las fiestas dando saltitos disfrazado de rana, otro, con alas, era una paloma. También grotescos: el Secretario de Salud aprovechaba su panza innoble para simular una mujer embarazada.

El Secretario de Moral Pública iba solo a las fiestas. Su mujer no aceptaba la amistad de aquellos nuevos ricos; no le importaba ser juzgada vanidosa o huraña.

Para no asistir a las fiestas de la corte, invocaba dolores de barriga, de huesos, de cabeza, o al menos eso decía el Secretario a sus anfitriones.

A partir de cierta noche, el Secretario no debió explicar nada porque ya no preguntaron por su mujer.

De manera que, cuando él llegaba a las fiestas, los hombres le anunciaban con voz de confesión que sentían miedo, porque hallándose él solo, sin su esposa, sus mujeres corrían peligro y ellos, seguramente, serían cornudos antes de la madrugada; halagos de burla que él escuchaba con candor y orgullo murmurando débiles rechazos, sin saber que por su falta de ingenio y su aspecto levemente animal, esos hombres suponían que "él no podía levantarse ni una palangana", afirmaban riendo.

En la Casa Verde, también hubo cambios por el advenimiento de la monarquía. Harto de su complejo de petizo, el Rey, que por ser Rey podía hacer lo que quería, dispuso que a los empleados que medían más de metro y medio los enviaran a otros destinos, inspectores de zócalos, de conejos y aves, a las plazas para el recuento de los gatos, a los almacenes a controlar balanzas, y en su reemplazo la Casa Verde contrató a individuos decididamente bajos, incluido el enano de un circo que llegó a la ciudad.

Suele haber algo en la riqueza repentina –un deseo, una inquietud– que hace difícil el secreto, la prudente reserva; en algún momento la mesura se vuelve intolerable a quien obtuvo de pronto la fortuna. Es como el hombre que disfruta una amante que lo colma de favores en la intimidad de sus encuentros y un día necesita mostrarla, mostrarse con ella, como si pretendiera anunciar a todos su ventura, aunque ahí comience el precipicio, el escándalo, la pérdida de la paz y la familia, hasta entonces laboriosamente preservadas.

Tal vez por esos afanes, vinculados al entusiasmo y al orgullo, el Rey quiso exhibirse, mostrar su magnificencia. Decidió presentarse con su corte ante el mundo.

No era para él andar como los presidentuchos que toman aviones de línea y en los aeropuertos y ciudades que visitan andan con gestos de miren qué humilde, que democrático que soy y, para alardear de modestos, o de pelotudos diría yo, pensaba el Rey, duermen en hoteles de segunda, donde cualquiera podría dormir.

El era distinto, era la Providencia en su país, y sus viajes serían como un aire mágico.

Mandó construir el barco más veloz y lujoso que se conoció en esta parte de América. No era demasiado grande, sólo el tamaño adecuado para él, sus invitados y caprichos, y volaba a la velocidad de los aviones sobre el colchón de viento que provocaban sus motores.

Cada camarote tenía su ornamento, calcomanías con dibujos de peces en los ojos de buey para dar una impresión de mundo submarino, arañas de caireles, sirenitas y neptunos de coral.

La cama del Rey, que a veces compartía con su esposa, expresaba un motivo de mar: una enorme concha abierta, de cuyo cielo de nácar caían tules a modo de dosel.

Un batallón de cocineros, mucamas, peluqueros, modistas, manicuras, magos, bailarines y cantores sustentaban el encanto de las travesías.

Los hombres no habían perdido sus antiguas maneras y en el barco carajeaban y hablaban a los gritos como siempre habían hecho en los boliches y los clubes de su barrio. Al Rey le molestaban sus guasadas y gritaba furioso: "Me rompo el culo para mostrarle la corte a los gringos y lo único que llevo es una manga de guarangos". Pero enseguida, con el champagne de dioses griegos y las bromas de los otros, "déjese de macanas, Monseñor" (ya nadie, ni aún los más amigos, podían decirle Pedro, Jefe o Presidente), el Rey se apaciguaba y el barco era entonces un barullo unánime y dichoso.

Los pescadores y los caseríos de la costa veían un castillo de luces que volaba en el mar y, sin entender, sentían vértigo, como si ahí pasara la felicidad, rápido y lejos como siempre.

Quien tiene hambre, un hambre viejo, de toda la vida, y lleva en el alma la torpeza, cuando por primera vez llega a una mesa de manjares se abalanza, se echa sobre las fuentes, come con las manos, se atraganta, tose, eructa, y finalmente ronca sin cuidado. Cuando los cortesanos desembarcaban en un puerto de Europa —el destino preferido de esa gente— saciaban antiguos apetitos. Sus deseos de toda la vida no admitían prudencia.

Alquilaban limusinas y salían en malón a visitar las ciudades elegidas. Las mujeres pasaban horas en las tiendas de más fama, celándose, comprando, buscando modelos exclusivos. Los hombres frecuentaban casinos y burdeles, orgullosos al cumplir el viejo sueño de cogerse a una francesa o mujeres análogas, de menos prestigio pero europeas al fin. A veces, en sitios de sexo pago, envalentonados por hallarse en grupo, causaban estropicios. Uno de ellos repetía del Kamasutra "lo que puede ser besado puede ser mordido, salvo los ojos", y las mujeres de la casa, entonces, padecían mordeduras, ostentaban moretones y gritaban *sauvages* o expresiones semejantes en la lengua del país. Pero el disturbio era efímero, no eran hombres violentos, querían sólo divertirse, y resolvían las protestas con dineros que pagaban las ofensas.

Todo era adecuado al rango de la comitiva real: restoranes de faisán y vinos de otro mundo y hoteles donde solo ellos y algunos reyezuelos del oro y el petróleo se alojaban. En ciudades de ruleta y otros juegos, sus apuestas deslumbraban a los magnates del lugar.

De manera que hubo más necesidades de dinero y el Estado debió achicar gastos y vender lo que había atesorado en un siglo de ahorros y de esfuerzos.

Fue entonces cuando suprimieron los trenes del reino que recorrían el país como una red de cucarachas y cruzaban montañas y desiertos y cualquier otro obstáculo que la naturaleza había puesto entre la gente y llegaban con el viento de la vida a los pueblos de provincia, a los más apartados.

El Rey los suprimió explicando que al reino le costaba demasiado dinero mantenerlos.

Después, la gente supo que el reino entregaba esos ahorros a empresarios amigos que unían la capital y sus orillas con trenes de cachada, entre estaciones de colores con campanas de bronce, chimeneas de humo falso y canteros de flores que creaban la ilusión de cruzar el campo inglés. Y la Caja recibió su parte, enorme, suculenta.

Extinguidos los trenes, cientos de pueblos quedaron vacíos. Privados de trato con el resto del reino, el comercio acabó porque nada salía ni llegaba de afuera a sus calles desiertas, y murieron las huertas y las artesanías, no había quien llevara sus frutos y primores a vender donde siempre los habían vendido y ya no hubo forasteros que trajeran los aires del mundo.

Un éxodo afligido salió de esos pueblos con velos de fantasmas y serpenteó en las rutas buscando trabajo en las ciudades. Y en las ciudades, entonces, los pobres fueron más pobres, porque en la miseria se comparte lo poco que se tiene y esas gentes llegaban con lo puesto, y vivieron un tiempo de la olla grande de los otros, los que ya estaban allí, en el arrabal de las ciudades. Después Dios se ocuparía de ellos, decían algunos; pero es difícil, decían otros, que siendo tantos, Dios pueda ocuparse de los menesterosos y los desocupados.

Los egipcios, en sus tiempos de gloria, suponían que al oeste del Nilo se hallaba el territorio de los muertos donde reinaba Osiris; nunca, en miles de años, esperaron la noche a ese lado del río. Ese pavor sintieron, desde que cesaron los trenes, quienes dejaban los pueblos que Dios y el reino abandonaban al imaginar sus veredas desiertas, nubes de tierra envolviendo las casas que habían sido su vida, los cerdos buscando a sus amos, un señorío de ratas en las calles queridas y, espantados, jamás se atrevieron a volver.

De manera que el reino empezó a convertirse en un ir y venir de grupos sin destino y el viento se llevó al carajo el alma de esa gente.

Una delegación de poblaciones que morían se presentó en la Casa Verde y tras muchísimos esfuerzos logró ver al Rey.

Los recibió con actitudes campechanas, como si de pronto la memoria que estaba en su sangre, hecha de padres y abuelos pobres, se impusiera a los nuevos modos regios. Recuperó su tonada simpática, su antiguo modo de atenuar consonantes y cantar las vocales.

—Yo también nací en un pueblito de provincia, así que entiendo lo que les pasa, amigos, pero no se preocupen, se va a arreglar, va a haber trabajo para todos; en lugar de trenes, van a llegar aviones y la gente que se fue de los pueblos va a volver, se los prometo, ténganme confianza, no los voy a defraudar.

Y anunció otros prodigios y describió un tiempo de esplendor que pronto empezaría, y entonces, los que fueron a pedir socorro, los nuevos trashumantes, los que no sabían dónde estaba ahora su lugar en la Tierra, salieron de la Casa Verde convencidos de que sus pueblos nunca más volverían a vivir.

Como el país había entrado al Primer Mundo, decía el Rey, el dinerito local valdría como el oro de los gringos, uno a uno en el trueque y en los gastos.

La mitad ilesa del reino celebró con palabras de embeleso y se lanzó a los campos elíseos del mundo en una ofuscación de compras y dispendio que un periódico que el Rey beneficiaba juzgó pruebas del bienestar de todos, quienes precisan un split y compran dos, quienes comparten el glamour en los recintos áureos de los gringos son la avanzada de esta nueva y moderna nación, decía.

Pero en plena algazara, el periodista José Luis Testa desató sus notas prediciendo con tinta negra el ocaso que sucedería al derroche, declaró quimera de tilingos el sueño de Primer Mundo y trató sin piedad la ostentación y lujos de la corte que las revistas del corazón loaban y él, en cambio, explicó en una frase: "Nadie roba para sus nietos".

De manera que un cortesano, tras leer en voz alta una de esas notas, afirmó: "Un amargo".

Otro corrigió: "Un pelotudo".

—Pelotudo no, hijo de puta –afirmó un tercero y agregó–: Ya lo dije hace tiempo: hay que pararlo.

Los tres se miraron y el silencio que sucedió a esas miradas expresaba el acuerdo de todos.

—Yo me encargo –dijo un Secretario.

El Secretario confiaba en un hombre que se decía de acción y se había ofrecido a servirlo "cuando alguien se pasara de la raya".

Lo llamó, le explicó lo que ocurría.

—No se preocupe, me lo cargo cuando usted mande –anunció el hombre con firmeza y también con entusiasmo.

Pero el Secretario aclaró:

— No, un susto va a ser suficiente.

—Entonces me le meto a la casa de noche y le prendo fuego al colchón, pero le doy tiempo a que raje.

—No, es demasiado. Un susto menor.

—¿Y qué, por ejemplo?

—No sé –dudó el Secretario–. Después dijo:

—Sígalo. Y que él note que lo siguen.

—¿Eso, nada más? –preguntó el hombre con desilusión.

—Y sí, por ahora eso. –Observó el gesto desencantado del otro, así que agregó–: Si sigue jodiendo, después vemos.

Le entregó una foto de José Luis Testa y una descripción de sus horarios de trabajo y de sus hábitos.

El hombre detuvo su automóvil frente al edificio del periódico que publicaba las notas de Testa. Cuando vio salir a un muchacho corpulento, que consideró morocho, de pelo abundante y crespo, ojos azules y mentón prominente como el de la foto, arrancó, encendió las luces y empezó a seguirlo.

El muchacho caminaba despacio, parecía despreocupado, como si no advirtiera que un automóvil lo seguía; llevaba en las manos unas cajas cuadradas que parecían de cartón.

"Ahí lleva los papeles para joder al jefe, los va a tirar de puro cagazo cuando vea que lo sigo", pensó satisfecho el perseguidor.

Hicieron así algunas cuadras, el muchacho caminando sin apuro, el automóvil pocos metros detrás. Pero después, el perseguidor decidió apretarlo. Se acercó y lo apuntó con las luces; al otro pareció molestarle, frunció la cara e hizo un gesto de fastidio con el brazo para que desviara esos faros que le daban de lleno.

—¿No te gustan las luces, mariconcito? –pensó el perseguidor sonriendo–. Menos te va a gustar lo que viene después.

El muchacho entró a una casa de altos. "Se escapó", pensó el perseguidor. Y luego: "Mejor. Le agarró el cagazo, no lo va a joder más al jefe".

Pero un momento más tarde, el muchacho se hallaba nuevamente en la vereda, mirando hacia uno y otro lado.

"Me está buscando, se avivó que lo sigo", pensó entonces el perseguidor. Notó que ahora era menor el bulto de las cajas que llevaba en las manos.

Decidió darle, por fin, el escarmiento que pedía el

jefe: avanzó, giró en redondo y se detuvo encarándolo de frente con los focos altos.

"Ahora sale corriendo", murmuró satisfecho el perseguidor.

Pero el otro, después de un instante de titubeo, avanzó hacia él. Cuando estuvo junto a la ventanilla, vociferó:

—¿Me querés decir qué estás haciendo, pedazo de pelotudo? ¿Por qué no vas a encandilar la concha de tu hermana que debe estar oscura de tanto polvo?

El perseguidor iba a responder con la agresividad que merecían esas palabras cuando advirtió que el otro, si bien era grandote, como le habían dicho, no era morocho sino pelado, sus ojos no eran azules, y el mentón, que en la foto parecía prominente, era una perita para adentro, como si el muchacho se la hubiera chupado. Fugazmente observó la caja de cartón que el otro tenía en las manos y leyó en la tapa: "Pizzería La Vera Fainá".

Confundido, no supo qué contestar, murmuró "Estos anteojos de mierda", ya que jamás admitía la intensidad de su miopía, y como el otro acomodó las cajas bajo un brazo para dejar libre el otro brazo, con el que tal vez se proponía hacerle conocer su enojo con un golpe en la cara, exclamó "carajo, no eras vos" y arrancó.

En los días que siguieron, el perseguidor acechó y trató de intimidar con giros, frenadas bruscas, juegos de luces y rugidos del motor de su automóvil, a cada uno de los empleados del periódico que de algún modo se parecían al hombre de la foto. Ignoraba que, esa semana, José Luis Testa buscaba información sobre los negocios de un cortesano en una ciudad de provincia.

El temor que no detenía a Testa complicaba las noches de su mujer. Pasaba el día entre los muchos menesteres y necesidades de la casa, los pequeños programas de familia, los encuentros con amigos, pero luego la sensación de riesgo, la esperable venganza de los hombres a quienes José Luis mencionaba en sus notas turbaban las madrugadas sin sueño de la mujer.

En los tiempos de noviazgo y en los años iniciales de su matrimonio, el coraje de José Luis y su severo patriotismo la habían enamorado; pero ahora esas virtudes suscitaban su angustia.

A José Luis y a ella les bastaba estar juntos para ser felices; tenían, además, el departamento, pequeño pero suficiente, que pagaban mes a mes con el sueldo del periódico, y lo tenían a Luisito, cuyas gracias en la cuna llenaban la casa; nada más necesitaban para ser dichosos. Sin embargo, en la soledad de sus insomnios, la mujer sentía que, ahora, todo estaba entre tinieblas, ellos, la casa, los proyectos más cuerdos y los proyectos más locos, todo bajo una sombra de peligro.

—No podés ser Quijote, pensá en nosotros –decía la mujer, pidiéndole prudencia a su marido. –Algo te van a hacer, por favor, date cuenta, estás solo, no sos un político, nadie te va a defender, si te pasa algo me muero, pensá en Luisito, por Dios, te quiero tanto –rogaba, hasta que un sollozo y los abrazos fuertes de él la contenían.

Pero hay, en la vida de ciertos hombres, algo que se desentiende del placer, la paz y la fortuna; un impulso que más se vincula al destino que al tranquilo bienestar que todos pretenden; como un aguijón fatal, que puede llevarlos al deterioro o a la muerte y, no obstante, resulta inevitable.

José Luis Testa no ignoraba las tormentas de rencor que desataba, el poder de sus enemigos, su mujer tenía razón, padecía la soledad de sus palabras, y no obstante, por ese impulso vinculado al destino que en ocasiones parece una pasión demente, seguía publicando sus denuncias.

La rabia de los cortesanos se multiplicó cuando Testa se ocupó del lujo de sus viajes y reprodujo comentarios de la prensa de países que esa gente visitaba, comentarios que, envueltos en cierto diplomático cuidado por la presencia de un rey extranjero, no omitían describir su desmesura y los escándalos que provocaban.

De modo que cuando alguien, nuevamente, mencionó a Testa en una reunión de cortesanos, suscitando su nombre la furia de todos, un Secretario, tras afirmar con gravedad que ese individuo dañaba el prestigio de la corte, sostuvo:

—Hay que buscarle algo –y explicó–: Todos tienen un cadáver en el ropero, así que algo le vamos a encontrar.

El Profesor no estuvo de acuerdo: —Me parece improbable, por el olor que habitualmente produce un cadáver–. Agregó detalles sobre la descomposición de las vísceras, mientras los otros, sin escucharlo, continuaban su conversación.

—¿Qué, por ejemplo? –había preguntado un Secretario a quien había propuesto husmear en la vida de Testa.

—No sé, cualquier cosa, alguna cagada tiene que haberse mandado alguna vez, es cuestión de averiguar.

Otro cortesano fue aún más contundente:

—Y sino, se la inventamos, qué joder.

Hablaron con el jefe de la Policía Secreta y le explicaron lo que pretendían.

El Rey la mandó llamar, una cita para el día siguiente. Le molestaba admitirlo, pero necesitaba volver a verla.

"No es gente como nosotros, se cuentan muchas cosas", había dicho el padre de Beatriz, pidiéndole que se cuidara. Pero ella contestó que no se preocupara, que el Rey era respetuoso, que sin duda la llamaba por cuestiones de la Oficina de Prensa.

Por si acaso, la mañana siguiente fue a la Casa Verde con una pollera larga que le cubría las piernas sin apretar su cuerpo.

El Rey parecía más alto y distinto en la media luz de persianas entornadas; Beatriz, al acercarse con una mano extendida, advirtió que sus zapatos eran altas plataformas.

El Rey apartó con una mano la mano que establecía una distancia y se paró en puntas de pie para alcanzar con un beso la mejilla de Beatriz; como ella se irguió para esquivarlo, el beso dio imprecisamente en la clavícula, entre un hombro y el cuello.

Sintió alivió cuando el Rey le indicó un sillón de un solo cuerpo.

Él permaneció de pie ante ella. A esa distancia, el perfume a bosque le resultaba abrumador.

Le disgustó sentirse conmovido. "Un rey impone, domina, no se conmueve" pensó para animarse y recuperar autoridad.

Dictó un par de cartas, el borrador de un decreto y un proyecto para multiplicar exportaciones que ella recogió en su libreta de notas.

Cuando acabó de dictar, le propuso una taza de café o chocolate o lo que ella prefiriera.

—No gracias, Monseñor, ya desayuné.

—¿Le apetece una gaseosa, una copita de vino?

—No, gracias, Monseñor.

Después pareció que empleaba un tono paternal. Se interesó con preguntas por el bienestar de Beatriz. ¿Se siente cómoda trabajando con nosotros? ¿Necesita algo? ¿Le gustaría un ascenso?

Pero en seguida, como un baldazo, la frase temible:

— He pensado traerla a trabajar a la oficina de al lado, para que esté cerca mío.

—Pero Monseñor –balbuceó Beatriz, preocupada por el anuncio.

—Ganará más dinero que ahora, no se aflija, y yo podré encargarle gestiones y hasta escritos delicados, una chica inteligente como usted… Además, tendré el gusto de verla cuando quiera. –El tono paternal se había extinguido.

Beatriz empleó una voz inexpresiva, ajena a esa sombra de sentimentalismo y asuntos personales que aparecía como una amenaza:

—Estoy muy contenta en la Oficina de Prensa, yo estudio periodismo en la universidad…

El Rey no la escuchó.

—Va a tener poco trabajo, sólo el que yo le encargue. –Ante el silencio de ella, sonriendo un poco, agregó–: Su principal trabajo será ayudarme a ser feliz.

Confundida, Beatriz se puso de pie y, tratando de ocultar su turbación, dijo:

—Pero Monseñor, usted tiene todo, su felicidad nunca podría depender de la última empleada de esta Casa. –Inmediatamente se arrepintió de esas palabras que propiciaban la respuesta:

—¿Qué tengo? Poder y riqueza, nada más. Y para qué sirven si no tengo lo único que realmente puede hacer feliz a un hombre. –Estiró un brazo hacia ella con la esperanza de que Beatriz lo recogiera.

Ella, roja de susto, sin pensar, sólo por miedo, se apartó bruscamente.

La ira blanqueó el rostro del Rey. La actitud de Beatriz, su temor que significaba menosprecio, hería su orgullo de monarca.

Decidido a volver las cosas a su sitio, las jerarquías –él un hombre amado y poderoso, ella una empleada– de nuevo en su lugar, ya sin mirar a Beatriz se sentó detrás de su escritorio, revisó una carpeta y las hojas de una agenda abultada y finalmente exclamó:

—Esto es un desorden.

Ella, inmóvil, procuraba atenuar su respiración, que imaginaba ruidosa, ya que el Rey parecía haberla olvidado.

Pero después de un largo momento, el Rey alzó la mirada, la observó con la seriedad sin intenciones con que un jefe puede mirar a un subalterno y, extendiendo hacia ella una carpeta, ordenó con voz neutra:

—Hágales una nota a todos los que figuran en esta carpeta exigiéndoles que en cuarenta y ocho horas me eleven los informes que les he pedido hace un mes.

Agregue alguna palabra que a usted le parezca adecuada para hacerles saber que estoy furioso.

—Sí, Monseñor –murmuró Beatriz.

Inclinado sobre un cajón de su escritorio, como si lo que había en su interior fuera ahora su único interés, sin mirar a Beatriz, de perfil, con voz de autoridad, dijo:

— Puede retirarse.

Hubo terror en cien mil hogares. Alguien dijo en voz baja, y el periodismo pronto repitió, que el Rey vendería a los gringos la empresa de carbón, y los gringos, que no tienen que pensar en la paz de las familias ni en la salud y la comida de la gente, sólo en porcentajes y ganancias, dejarían, se dijo, multitudes sin trabajo, sin nada a fin de mes y entregadas a la buena de Dios.

— No puede ser –exclamó con angustia Rafael Romero.

—Sí, puede ser, con estos hijos de puta todo puede ser. Están vendiendo todo –contestó el Negro.

—¿Y nosotros?

—Nos jodemos, viejo, nos jodemos, a ellos les importa un carajo, lo único que quieren es hacer guita para seguir la farra.

Como todas las tardes, Rafael había pedido un cafecito, pero cuando el mozo, que aquel día acompañaba con un gesto serio, sin las bromas de siempre, la angustia de sus clientes, se acercó para dejar el pocillo sobre la mesa, él le pidió que lo cambiara por un vaso de ginebra.

Hubo un largo silencio de los amigos, que esa tarde parecían más viejos; posiblemente vislumbraran un futuro de peligro. Después intentaron rehacerse, mantener de algún modo la esperanza.

—Bueno, todavía no es seguro, capaz que es una bola de los diarios para vender más.

—Ojalá.

—Yo pregunté en Gerencia y nadie sabe nada.

—En mi oficina tampoco sabían.

Y pretendieron aliviar el gesto y sonreír cuando ya andaban por el tercer vaso de ginebra. Pero la voluntad de mantener el ánimo no alcanzaba ante el terror que provocaba la noticia.

— Enano libidinoso –exclamó Gastón con furia.

—Por favor, no te preocupes –dijo Beatriz con suavidad–, no me faltó al respeto.

—Acosador sexual hijo de puta.

Beatriz lo abrazó riendo.

—Olvidate, mi amor. Ya entendió cómo soy y no me va a molestar.

—Va a insistir, va a llevarte a trabajar con él y te va a volver loca, te va a hacer la vida insoportable, estoy seguro.

—Vas a ver que no, ya entendió. Está acostumbrado a esas mujeres que hacen cualquier cosa por un nombramiento o un aumento de sueldo, pero sabe que yo no soy así.

—Vos no sos así y Marisa tampoco es así, pero acordate lo que le pasó con esas ratas.

Marisa, una empleada de la Casa Verde, joven, linda, enamorada de su novio, una pareja con la que Gastón y

Beatriz compartían salidas y programas, despertaba ternura y simpatía, pero su risa fácil y su gracia provocaban ilusión en ciertos viejos –no de edad, cerebros viejos– que vanamente aspiraban al favor de una mujer como Marisa; una sonrisa y una frase amable eran entonces suficientes para provocar su calentura y sus delirios. Una de las ratas a las que aludía Gastón era un jefe que, sin sentido del bochorno, frecuentemente citaba a Marisa a su oficina con la excusa de un trámite para declararle su amor imaginado. Alguna vez pretendió abrazarla y obligarla a un beso, y como ella, espantada, se libró de esos brazos y exclamó con horror "¡Qué se ha creído!", él dijo con rabia "Me cagaste, Marisa", pero no insistió. Después de ese incidente, sabiendo que nada haría variar la mirada de hielo y el gesto distante de la muchacha, la obligaba a escuchar sus frases de enamorado, siempre cursis, decía Marisa, y por teléfono simulaba un idilio ante sus empleados: la nombraba "amor mío, mi tesoro más grande" sin que las protestas indignadas de ella fueran oídas por los que en ese instante rodeaban al jefe.

—Tendrías que renunciar –dijo Gastón.

—Pero Gastón, me gusta mi trabajo –explicó Beatriz–, me sirve para mi carrera, y además necesito el sueldo para no vivir a costa de mi padres, ya soy grandecita, ¿no?

El parecía no escuchar. La pretensión del Rey era un ultraje.

Es que el sentimiento del enamorado es eso, sólo un sentimiento, no una idea, no puede defenderse con razones; de modo que, aunque la mujer afirme y pruebe con sus actos que nada, fuera de él, puede alcanzarla, el enamorado pretende separarla del mundo. Gastón insistió:

—Deberías renunciar, te va a llevar a trabajar con él, va a amargarte la vida. Son acosadores sexuales, ese tipo, los que molestan a Marisa, esas ratas...

—Por favor, olvidate Gastón, para qué te lo habré contado –dijo Beatriz apenada por la aflicción de su novio–. Quedate tranquilo, si me lleva a trabajar con él renuncio, te lo prometo, pero no me va molestar, es el Rey, no puede arriesgarse a hacer un papelón.

—No es un rey, es un chorro pajero.

Cuando Montes volvió de la huerta que cuidaba en la montaña, encontró, detenidos frente a su rancho, un lujoso automóvil y unos camiones grandes; junto a ellos, un hombre de traje negro, camisa blanca y corbata –ropas que nadie usaba en el pueblo– caminaba nervioso.

Montes entró al rancho, buscó su botella de alcohol y preguntó sin mayor interés:

—¿Qui hacen esos?

—Dicen que los manda Pedro –contestó su mujer.

—¿Pa qué?

—Para hacernos una casa, dicen.

—Tenimos ésta.

—Eso les dije.

Desinteresados, volvieron a lo suyo: él a los traguitos y a su abismal silencio, ella a la sopa que revolvía para servir más tarde.

Cuando la voz gritó al otro lado de la puerta "Señor Montes, señora Montes" y hubo golpes de palmas que llamaban, la mujer abrió y, sin hablar, contempló con ojos desabridos al hombre de negro que parecía preocupado.

—Perdone que insista, señora, pero si no les hacemos la casa, Monseñor se enoja y nos despide. Traemos el material, el arquitecto, los peones –dijo, señalando a los camiones.

—¿Quién es Monseñor?

—El Rey, su hijo.

—Viejo –gritó la mujer volviendo la cara hacia dentro del rancho y pareció que sonreía, aunque esto nunca era seguro en sus rasgos de cabra– a Pedro le dicen Monseñor.

Su marido no contestó, murmuró "Infelices" y siguió sentado frente a la ventana, mirando afuera.

—Monseñor nos ordenó que los llevemos a vivir al hotel del pueblo…

La mujer lo interrumpió:

—¿Por qué al hotel?

—Mientras demolemos el rancho, perdón, la casa, y les hacemos la casa nueva.

La mujer miró hacia atrás y gritó espantada:

—Viejo, nos quieren voltear la casa.

Un momento después, en tanto el hombre de negro seguía hablando y describía la mansión confortable que construirían para ellos, se oyó un grito furibundo que venía del dormitorio, "¡Hijos de puta!", y enseguida, como una tromba con escopeta al frente, Montes llegó a la puerta y empezó a disparar al automóvil y a los camiones en los que, milagrosamente, lograron refugiarse el hombre de negro, el arquitecto y los peones que los acompañaban.

El hombre de negro sacó por la ventanilla un trapo blanco –un pañuelo, una camisa, vaya a saber– y gritó "Por favor, por favor, no tire, déjeme hablar".

Montes dejó de tirar y se quedó callado mientras el otro salía del automóvil. Cuando se acercó, Montes dijo:

—Andá volteale la casa a tu abuela, guacho'e mierda –y se encerró en el rancho con su mujer y la botella con la que trataría de olvidar aquel disgusto.

El hombre de negro telefoneó a la capital para pedir nuevas órdenes, y al día siguiente el arquitecto y los obreros –con temor al comienzo, después tranquilos– empezaron a alzar, a pocos metros del rancho de los Montes, la casa más lujosa del pueblo, una vasta mansión que contrastaba con la chatura de las otras casas.

Cuando acabaron de construirla, el hombre de negro golpeó a la puerta del rancho.

—¿Y aura qué quieren? –preguntó con fastidio Montes, que nunca había mirado la mansión que crecía a un costado.

—La casa nueva ya está terminada, señor, pueden mudarse.

Montes lo observó de un modo terrible. El otro, asustado, corrigió:

—Bueno, pueden ir a visitarla, es de ustedes.

Montes no hablaba, lo miraba solamente, así que el hombre, desorientado, siguió explicando:

—Es una maravilla, modernísima, tiene todo lo que se puede tener en una casa, y todo ya está funcionado, televisores en los cuartos, aspiradoras empotradas que limpian solas los pisos, aire caliente, aire frío, aire tibio, lavarropas, lavaplatos

—¿Lavaculos tiene? –preguntó enojado Montes.

El otro sonrió inquieto. –Qué gracioso, el señor, qué gracioso– exclamó humillándose, y siguió describiendo la casa.

Pero Montes ya se había cansado; entró al rancho y cerró con un portazo de fastidio.

En el automóvil, el hombre de negro se atrevió a soltar ante el arquitecto "Son unos locos de mierda" y protestas parecidas; compartían confidencias de disgusto por los caprichos del Rey y sus abusos, de manera que no sería delatado.

Y cuando el automóvil y los camiones se alejaron y salieron del pueblo, la cuadra recuperó su calma.

Desde aquel día, la casa nueva y deshabitada fue un resplandor insólito junto al rancho apagado de los Montes. Las luces se encendían solas al crepúsculo y era posible verlas desde el confín del pueblo, los televisores exhibían para nadie sus programas, a la hora de los tragos las máquinas de hacer hielo inútilmente lanzaban cubitos que ningún vaso recogía, y había, en fin, rumores y zumbidos de heladeras, radiadores, proyectores de pájaros y mariposas transparentes que parecían llenar el aire de los cuartos, aparatos que creaban perfiles y sombras, tenues figuras de hombres que charlaban en ocultos grabadores para hacer compañía al matrimonio que debía habitar la casa. Viéndola, oyéndola, se diría que una familia numerosa la ocupaba.

Los Montes nunca entraron a esa casa. Tampoco la miraban, como si allí siguiera el campo.

Sólo una vez le prestaron atención: un televisor transmitía un programa estridente en el que un hombre gritaba chistes obscenos, una mujer en corpiño y bombacha abría las piernas, alzaba el traste y se contoneaba representando las groserías que el hombre profería y un público excitado festejaba esos actos. Montes salió del rancho, se acercó a la ventana de la que salían aquellas estridencias y con dos escopetazos destrozó el televisor que fastidiaba. Fue la única vez que se acercó a la casa.

En cambio, las gallinas y los patos que habitaban el rancho se entretenían visitándola, entraban por el hueco de aquella ventana y recorrían los cuartos, picoteaban los dibujos de frutas bordados en tapices, llamaban con cacareos y graznidos a las aves ficticias que parecían volar en las habitaciones, emocionados de tanta novedad ponían huevos en los platos, en almohadas, en los nidos de lana de felpudos y cagaban todo, hasta que la casa llegó a ser por dentro un fino manto gris.

El Jefe de la Policía Secreta organizó la cacería; la presa era José Luis Testa.

La sagacidad del Jefe no era famosa, pero sí su pertinacia; quienes conocían la tarea que un Secretario le había encomendado afirmaban que Testa estaba perdido.

Cada línea escrita y publicada por el periodista fue leída y releída por los agentes de la policía; buscaban la puntita de un secreto que permitiera destruirlo; aunque no sabían cuál podría ser ese secreto. Para espolearlos, el Jefe les dijo que era un zurdo, un subversivo, adjetivos que, en general, estimulan al uniformado en esta parte de América.

Pero aquellos escritos de Testa no revelaban esos pensamientos ni tampoco algún vicio.

Espías adiestrados escucharon sus conversaciones telefónicas, averiguaron las compras que el espiado hacía, recogieron en los bares las servilletitas de papel en las que Testa había hecho anotaciones, etcétera. Confiaban hallar rastros de un delito. Pero todos los papeles parecían la crónica de una vida ajena a la ambición, los avatares del dinero y las trampas que suscita.

De manera que resolvieron dejar los papeles y escarbar en su vida.

Hurgaron, entonces, en los recuerdos de quienes conocían a Testa con la esperanza de hallar un enemigo, alguien interesado en destruirlo.

Las respuestas que obtuvieron fueron parecidas:

—Un tipazo.

—Un corazón así de grande.

—Nunca supe que haya cagado a nadie, ni en guita ni otras cosas.

—Corajudo.

—Medio loco, se tira con todo, un día se la van a dar, no sé cómo no siente cagazo.

—De mujeres tampoco le conozco ninguna fulería, lo normal solamente. Se quieren mucho con la esposa.

Los agentes recordaron, entonces, el postulado policial –de esa policía, al menos– que sostiene que los grandes secretos de un hombre se encuentran en su casa. Así que uno de ellos se presentó en el hogar de los Testa con mameluco de electricista, invocando una falla en la red de energía.

Recorrió el departamento con la excusa de buscar cables pelados o un enchufe mal clavado en la pared;

confiaba hallar un indicio comprometedor. Pero en su recorrida sólo comprobó la modestia y el sosiego de ese hogar.

La mujer se disculpó por dejarlo solo. Bañaba a Luisito que, dichoso y riendo como si supiera lo que hacía, orinaba a su madre, mordía el jabón y hacía caer en la bañera los frascos a su alcance, el talco, la colonia, los muñecos alineados y la toalla que después debía envolverlo.

El hombre, entonces, revisó sin prisa aparadores, cajones, bibliotecas; algo debía haber allí. Encontró boletas de almacén, anotaciones de trabajo, cuentas impagas, y en los estantes de la biblioteca libros de distintos autores entre los que no se hallaban los tres o cuatro nombres de comunistas famosos que el detective podía reconocer.

Hacía su tarea cuando la puerta del departamento se abrió y un muchacho corpulento, morocho, de ojos azules, mentón de boxeador, gritó "Hola", para obtener una respuesta desde algún lugar de la casa.

Desde el baño vino la voz de la mujer: "Hola, mi amor".

El muchacho saludó sonriendo al detective que, al oírlo entrar, se había arrojado al suelo, junto a un enchufe.

Después se sentó en el comedor, se interesó por lo que el otro hacía y lo invitó con un vaso de vino.

Fue una pesquisa inútil, sin resultados.

Es un sentimiento estúpido. Esta pena en el estómago, la sensación de imposibles no son propias de un rey. Una orden mía y el país se acuesta o se levanta, digo que llueve y lo repiten aunque el sol raje la tierra, todos saben que gobierno por decisión de Dios, botín de las mujeres, envidia de los hombres, muestro la sonrisa como si fuera verdadera, digo una pavada y me aclaman porque saben que soy lo mejor que le ha pasado a este país. Tan poca cosa no puede atormentarme, no es cierta esta obsesión, este desasosiego, las ganas de vivir y no vivir que me arruinan el alma, sólo estoy confundido, necesito olvidar, sacarme esa imagen de los ojos, a un rey no lo amargan naderías.

Decidido a espantar la sombra que lo atormentaba, viajó o imaginó viajar a lugares de portentos que debían estremecer su corazón, desiertos donde sólo había serpientes y beduinos, ciudadelas de monjes que hablaban con los monos, mares de Asia donde los peces nadan sobre el agua, cavernas que guardan todavía la primera voz de Dios, cuando ordenaba el caos, en fin, sitios de asombro para el alivio y el olvido; pero todo fue inútil, en todos los cielos la luna lastimaba. Ya no podía con su corazón.

Habían pasado muchos días desde aquella visita de Beatriz y el Rey no permitía que en su despacho abrieran las ventanas ni sacudieran almohadones ni espolvorearan los perfumes de todas las mañanas para que no se borraran las huellas de su cuerpo en el sillón, que en el aire persistiera su fragancia, que las persianas entornadas mantuvieran la luz que permitía imaginar en la penumbra la dulcísima sonrisa y los ojos donde él podría perder su reino y su fortuna.

Para aturdirse y apartar esa imagen de sueño y pesadilla, mandó organizar un torneo de polo en los jardines del Palacio, en el que, por cierto, triunfaría.

Las exclamaciones del público cada vez que revoleaba su taco de juguete, el pifie respetuoso de los otros jugadores que jamás le robaban una bocha y los relinchos y galopes de su pony consiguieron distraerlo, pero fue, nomás, mientras duraron. Después de los festejos, los gritos de apoteosis y la Copa de plata que él mandó tallar y recibió de pie sobre una mesa que le daba la altura de los otros, después de los flashes y las exageraciones que gritaban los amigos, "el jugador de América", "bajito pero forzudo", "un rana para jugar", y después del champagne de costumbre, de nuevo la pena en el estómago, el vacío desesperante, la ansiedad, la impotencia.

Buscó refugio en Petrona que siempre estaba ahí, cerca suyo, apacible como un campo de lino. La nueva condición de su marido no había trastornado su modestia. Cuando él afirmaba que debía adornarse como reina porque eso es lo que era y le mostraba fotos de cortes europeas para que copiara vestidos y peinados, ella contestaba "Dejate de macanas, Pedro", y seguía mascando chicle, zurciendo ropas y ejerciendo menesteres de familia. Conservaba la risa sencilla de aquel domingo en una plaza, cuando él recibió en la frente una cagada de paloma; la risa que le atrajo.

Si me gustó, si me hacía feliz estar con ella, me tiene que seguir gustando, trató de convencerse.

A ella le sorprendió su tono de pronto distinto, un tono de hogar, sin majestad ni grandezas. Hablaba de intimidades, de cosas del pasado, de los hijos que tendrían, aludía al Palacio como un hombre habla de los temas de la casa: el fresco de las galerías, una canilla que gotea, el perjuicio de la hormiga en el jardín, algo que se ha roto en la cocina.

También le sorprendió a Petrona que, después de largos meses, él volviera a visitar su cama, y por algunas noches nuevamente sonó en los corredores del Palacio la carcajada inverosímil que ella lanzaba en los embates del sexo.

La pretensión del Rey era modesta, no buscaba el amor con sus incógnitas y grandiosos desenlaces que pertenecen al reino de los cielos, Petrona era una mujer sin gracias ni sorpresa que sólo provocaba sentimientos apacibles. Más allá de los fragores de la cama, no se la notaba en la penumbra de los cuartos. Pero él pretendía, al menos, su sosiego, la paz de esa mujer callada, la paz para olvidar, Dios mío, es todo lo que pido, nada más que olvidar, librarme de esos ojos y el perfume.

Fue inútil.

Así que cierto día, después de unas horas que pasó embrollando el alma en su despacho de la Casa Verde, dictando órdenes reales y contemplando los papeles que componían su trabajo y tanto le aburrían, llamó al secretario y exigió:

—Conseguime dos o tres de esas locas que vienen a pedir favores y llevámelas todas juntas al dormitorio.

—Sí, Monseñor.

El dormitorio era un cuarto contiguo al despacho del Rey, con una cama enorme y aparatos de placer.

El secretario pensó admirado que su jefe era un potro. Desconocía sus pensamientos de amargura, su inútil y desolado sentimiento.

De las que vinieron a cambiar favores, dos aceptaron pasar al dormitorio y desnudarse. Cuando él entró, murmuraron "Monseñor", lo desvistieron y, en la cama, lo agobiaron con caricias y elogios.

Una de ellas se apoderó del pajarito que inexplicablemente parecía dormir entre las piernas del Rey junto a esos cuerpos que no eran francamente despreciables y la otra se ocupó de pasar su lengua por el vientre, los muslos y otros sitios sensibles del monarca. El pajarito no se despertaba.

Qué horror los dedos torpes que me manosean, la lengua pegajosa que me ensucia, pero tus manos, Beatriz, si una vez tocaran mis mejillas, si ahora yo pudiera, nada más, oír tu risa, ver tu ojos, respirarte, qué horror estar en esta cama y vos tan lejos.

Sin embargo, después de mucho esfuerzo de esas mujeres expertas en la venta de amores de consuelo, esfuerzos perpetrados ya no con las manos, con sus bocas habituadas y tibias, el pajarito, no el Rey, se despertó.

Pero el Rey, que permitió a su cuerpo hacer lo suyo, no descendió de sus desesperados pensamientos, y cuando el sexo que su cuerpo practicaba llegó al instante más intenso y derramándose empapó la boca que lo contenía, el Rey gritó Beatriz.

La sombra que planeaba se posó en ese país. Cien mil hogares se acercaron al abismo: el Rey había vendido la empresa de carbón a los gringos y, ya se sabe, los gringos achican, cortan gastos, despiden a la gente sin tener que pensar en su destino.

Los telegramas de despido empezaron a llover como

anuncios de catástrofe. Cada día se contaban las bajas con tristeza y momentáneo alivio: los amigos, aterrados, ya no eran los amigos de todos esos años, cayó X, cayó Z, no caí yo; pero sabían que era un resultado provisorio, se hallaban presos en una telaraña que mañana podría devorarlos. Alguien recordó a Brecht.

Economistas puronúmero, hombres de piel alechada y aires de monaguillo que descubrían la dicha del orgasmo en la tabla del nueve y en cálculos de interés compuesto, refirieron las ganancias colosales que la empresa, ya privada, obtendría. No decían, en cambio, –no por maldad, por ignorantes, porque no habían sido educados para eso– que sólo eran ganancias de los gringos, los nuevos propietarios, que al país le quedarían las propinas, y no hablaban tampoco de las mareas tristes que dejaban los pueblos donde los nuevos dueños clausuraban minas de poco rendimiento, ni mencionaban el ocaso de fabriquitas y talleres que desde siempre habían hecho los picos, las máquinas, la ropa, los cascos para los obreros y todo lo que ahora los gringos traían desde afuera, pueblos donde cerraban los comercios, las escuelas, los sitios de alegría, la vida, en fin, de esos lugares en los que había corrido como savia el salario de cien mil personas.

Aquellos economistas puronúmero no entendían la sucesión de penas que pronto serían dramas y José Luis Testa describía en el periódico con frases desoladas.

La multitud de despedidos se sumó a las caravanas que recorrían el reino y ensanchó las orillas de cartón y barro en todas las ciudades.

El Sindicato General reprodujo el silencio de los

que aún leían el porvenir en las revistas del corazón, como si no entendiera la tragedia. No engendró huelgas, protestas ni alboroto en las calles del reino. Algunas gracias habían comprado ese silencio.

No hubo tampoco, en otros ámbitos, un luto de hermanos ni solidaridades enérgicas. Más allá de las víctimas, cada uno siguió sus rutinas, haciendo lo suyo, como si no vieran el abismo que se aproximaba.

Una mañana llegaron telegramas para Rafael y Cecilia Romero. La empresa de carbón era para ellos algo propio, familiar, sus padres la cuidaron y aprendieron a quererla, era del país y de la casa. Y todo ese tiempo terminaba en una sola y breve frase, la sequedad de un despido.

A comienzos del siglo, el abuelo Romero llegó al país huyendo de la hosquedad y la pobreza de las tierras secas de Castilla, esperanzado por las cartas y anuncios de maravillas del primo que lo esperaría en un hotel del puerto para hacer juntos la fortuna, tan fácil en América. Padeció, como tantos inmigrantes, los rigores de un mar de tormentas en los sótanos del barco, el terror a animales fabulosos y otros monstruos del mar que en España le habían anunciado y perdió sesenta días preciosos detenido en cuarentena frente al puerto por una peste de viruela.

Cuando bajó, su primo ya no estaba en el hotel; ningún mensaje, ninguna indicación.

Acabó los ahorros que traía y sufrió hambre y desaliento, trabajos precarios, algunos infames, hasta que alguien lo llevó a la empresa del carbón. Empezó cavando en una mina remota, después llevó las cuentas de los gastos y las ventas de esa mina y, finalmente, fue empleado en el gran edificio que la empresa poseía en la capital; allí conoció, no la fortuna que su primo anunciaba, pero sí el bienestar, la grata sensación de sentirse amparado.

Los hijos y los nietos heredaron el trabajo y los sentimientos del abuelo.

Y ahora, aquellos telegramas se desentendían de las generaciones, como si tanto amor, tanto empeño, la lealtad de casi un siglo entre esa gente y la empresa no importaran. No importaban.

La vida de los desocupados es distinta a la del resto de la gente. Con dignidad, comienzan buscando un empleo adecuado a sus méritos; presentan notas de buen concepto firmadas por antiguos jefes, piden una ocasión, una prueba. Después comprenden que no están solos en el peregrinaje, que a partir de un oscuro momento el país se ha convertido en un lugar desconocido que desampara a todos, y sienten que ya no son útiles, descreen de sus habilidades.

Los desocupados, entonces, con pesimismo, con el futuro en sombras, toman distintos rumbos. Unos, felizmente los menos, ceden al abatimiento que deriva en el vicio, el delito o la muerte; otros, los más, buscan en los diarios las ofertas de cualquier empleo, aún los de menos prestigio, y antes del amanecer se suman a las filas de hombres y mujeres que esperan mirándose como rivales, o quizá como enemigos, ante la puerta del negocio o la oficina que ha ofrecido un empleo. El vano peregrinaje les consume el alma y los ahorros.

Rafael y Cecilia Romero vivieron meses de caminatas, promesas sucedidas de silencio, secas negativas. Fue un tiempo muy duro.

Muchas madrugadas, Rafael era el primero en llegar a la puerta que indicaba el aviso del periódico. Llevaba un papel que hablaba de su vida, su salud, sus destrezas, su instinto de trabajo.

Pero su edad, los muchos años que condenan al hombre que quiere trabajar, causaba la impaciencia de quienes lo escuchaban con apuro, sin atender a sus respuestas, como si sólo cumplieran un rito. Le hacían breves preguntas y, en seguida, decían "Está bien, señor, deje ahí su nota", alzaban la cabeza y ordenaban "El siguiente". Sus gestos y su tono eran distintos, aparecían las sonrisas y las frases cordiales, cuando escuchaban a los jóvenes, en especial a las muchachas de figura abundante.

La ventaja de los jóvenes ahondaba la noche en el alma ya frágil de Romero.

Aunque en ciertos lugares preferían a los adultos.

En una casa alejada, casi un andurrial de las orillas, cuya puerta no denunciaba con un cartel o una placa las tareas que allí se cumplían —sólo había sobre ella una luz roja y la carita de un diablo que reía y sacaba la lengua—, un grandote lo recibió en el vestíbulo, lo miró como si lo midiera y preguntó con grosería "Usted tiene cuarenta largos, ¿no?", como él dijo "Sí", el grandote ordenó "Entonces pase, los pendejos son muy quilomberos", y señaló una cortina tras la cual Rafael encontró a una viejita que escribía sentada a un escritorio, con la cabeza hundida en un cuaderno.

Rafael tosió, dijo buen día y otras palabras de intención parecida, pero la viejita no alzaba la cabeza; entonces le tocó un hombro; la viejita pegó un salto y lo miró asustada, pero luego se calmó y dijo "Viene por el empleo, ¿no?".

Lo hizo sentar y empezó a llenar una hoja de cuaderno con sus datos, nombre, edad, etcétera. Después, sin mirarlo, preguntó:

—¿Tiene novio?

—¡Pero qué dice! –exclamó Rafael asombrado.

La viejita observó su gesto y en el cuaderno escribió: "No". Y aunque él siguió diciendo, un poco rojo y exaltado, "Tengo esposa y una hija, ¿por quién me toma?", la viejita preguntó:

—¿Prefiere atender muchachos jóvenes o señores de edad?

La viejita no prestó atención a la catarata de furia que se producía ante ella, escribió: "Señores de edad" y siguió preguntando.

Cuando, por fin, Rafael entendió que la viejita era completamente sorda, dejó de protestar, se paró y salió sin que ella lo notara, ya que seguía escribiendo vaya a saber qué imaginadas respuestas de él en su cuaderno. En la calle rompió con fastidio el aviso del diario que ofrecía un empleo en una casa de masajes para hombres.

Por fin, Rafael obtuvo trabajo en un bar de poco respeto; varias horas de pie detrás del mostrador.

Debió olvidar la dignidad de su escritorio en la empresa de carbón, aquel ambiente decoroso, los informes precisos que escribía con orgullo, y habituarse a los gritos que ordenaban "Grapa con hielo", "un plato de manises", "whisky doble y no sea pijotero".

Buscaba motivos de consuelo: no debía, al menos, andar entre las mesas esquivando zancadillas y los carozos de aceituna que los parroquianos arrojaban a los mozos. Servía en el mostrador, amable pero retraído, sin hallarse obligado a acompañar las risas y los gritos de alboroto que crecían con el avance de las copas.

Volvía a su casa a medianoche con cara de otro hombre, hablando a pura pena, más resignado y más viejo. Se acostaba sin comer ni recordar, para no pensar que cada día en el bar era una injuria.

Cecilia obtenía esporádicos dineros de algunas traducciones que hacía del francés. Nunca imaginó que alguna vez sería tan útil aquel hábito de infancia, el francés que el abuelo Alexandre les hablaba a sus nietos.

Pero el mínimo sueldo de él, las traducciones de ella y el sueldo de Beatriz no alcanzaban para vivir como siempre habían vivido; bastaban para comer todos los días; ya no para paseos y otros gustos.

Vendieron el auto y cambiaron la casa rodeada de jardín y calles arboladas por una vivienda estrecha, en un barrio sin gracia, de veredas oscuras.

"Vas a tener que viajar mucho para ir al trabajo", había dicho preocupada su madre, antes de la mudanza, pero Beatriz explicó que combinando dos ómnibus llegaría en menos de una hora, que iría sentada y leyendo, que la casa nueva tenía el tamaño adecuado para ellos y el barrio no era gris como les había parecido, había una plaza con chicos que corrían dándole alegría y un cine a algunas cuadras, no debían dudar, tenían que mudarse, dijo.

Beatriz sabía, por comentarios en la Casa Verde, que cada día eran más los sin trabajo, y sospechaba que el drama iba a crecer porque el Rey y sus amigos vendían todo, como si no vieran las imágenes de naufragio que se sucedían en el reino.

El Rey mandó construir su Palacio de Verano sobre la orilla de un río de provincia. La Caja de la Felicidad permitía esos placeres.

El paraje era la imagen de un sueño: garzas rosas, pelícanos, patos blancos y oscuros y pájaros dichosos planeaban sobre el río, lo rozaban con el pecho para jugar o refrescarse, hacían dibujos en el aire y, de pronto, como si sonara un estampido, volaban a los bosquecillos que rodeaban las orillas y volvían en carreras hacia el río, gritando, cantando, emitiendo sus voces de alegría; al atardecer, cuando todos juntos se retiraban a dormir, por un instante oscurecían el cielo.

El Palacio de Verano, blanco, más de cristal que de ladrillo y cemento, era amplio y abierto, para que entraran el sol y los perfumes de la tierra. "Aquí habría estado a gusto Akenaton", exclamó el Profesor cuando lo visitó; pero no lo entendieron.

Grandes ventanas que otorgaban una fresca sensación de transparencia, un vasto comedor, habitaciones generosas, salas de billar y otros juegos y vicios, una salita para jugar al sapo, preferencia de Petrona que el Rey consentía, y jardines con los infaltables enanos de yeso, todo perseguía el placer de sus dueños y sus visitantes.

El Rey destinó un cuarto a un cómico de moda, que lo entretendría con sus chistes groseros. Enterado, el Profesor recordó en una cena que Leonardo da Vinci terminó su vida en una mansión vasta y alegre, vecina al castillo de Ambois: un regalo del rey de Francia, que sólo pidió a cambio la gracia de visitarlo y conversar con él. Desde aquel día, nadie pudo convencer al Profesor de que aquel cómico de moda no era pintor ni se llamaba Leonardo, y escuchaba sus torpezas con arrobamiento, como si oyera otras palabras o tal vez una música.

El viaje a través de los ríos, hasta llegar al Palacio, era un paseo fastuoso.

Pero la nave del Rey exigía un puerto moderno y amplio, capaz de servirlo con sofisticadas atenciones.

No hubo economías en su construcción; nada era obstáculo a los deseos del Rey.

Todo esto lo explicó José Luis Testa, con cifras y detalles, en sus notas periodísticas.

Y a partir de esas notas, hubo denuncias y protestas por el lujo del puerto en aquellas orillas desoladas.

Los secretarios del Rey contestaron con argumentos exóticos:

No era un puerto para la dicha del monarca, por él se exportarían las aceitunas que los gringos precisaban en sus copetines. Pero pronto se supo que en aquellas orillas de bosque y pescadores las únicas aceitunas conocidas eran las que acompañaban los platitos de mariscos y los tragos en la nave real.

Afirmaron también que la Marina había hecho el puerto, previendo una posible guerra. Pero en aquella zona sólo había pescadores tan calmos como el río y las únicas armas eran sus anzuelos y sus redes.

Todas las excusas se desvanecieron.

Pero el juez, como siempre, rechazó las denuncias, archivó el expediente y el puerto quedó en esas orillas desoladas y bellas como una joya de agua.

Hartos de José Luis Testa y los hechos que revelaba en el periódico, los cortesanos decidieron destruirlo.

Recordé hace ya varias páginas que los detectives habían hurgado en los papeles y la vida de ese hombre, confiando hallar la prueba de un delito o de un acto inmoral. Fracaso absoluto. Se trataba, nomás, de un hombre que cumplía su tarea con pasión y denunciaba lo que en ese tiempo sucedía en el reino.

De manera que aplicarían el Plan B: lo que no se sabe se inventa y si lo dicen los medios es como si hubiera ocurrido, explicó un Secretario. "Al enemigo, ni justicia" agregó, parafraseando a un líder histórico de uno de estos países de América.

Aquel Secretario no ignoraba que, hoy, la verdad no es la verdad, ya no tiene la consistencia de la roca, puede ser reemplazada por una afirmación o una sospecha que se lanza en la televisión o en las líneas de un periódico; de manera que, en un instante, un hombre bueno puede convertirse en un canalla si se echa sobre él una duda ante millones.

Por un curioso y triste rasgo de la condición humana, la sospecha, el lado de la sombra, son más atractivos y creíbles que la sencilla verdad con la que un hombre honesto se defiende. Así es la calumnia: irreversible.

La Caja de la Felicidad tenía recursos suficientes para convertir a Testa en un indigno mentiroso, aunque nunca hubiese escrito una mentira.

Comenzaron con simples injurias, la afirmación de ciertos hechos desdorosos. Un locutor de la televisión sostuvo, en un programa de chismes, que José Luis Testa tomaba sol desnudo en el balcón provocando escándalo en el vecindario, otro afirmó que era famosa su afición a la bebida, otro lo llamó impotente y onanista e inventó anécdotas de dormitorio que debían justificar esos epítetos.

Pero ninguna de tales sonseras desmerecía las notas que él seguía publicando sobre abusos y derroches de la corte.

Pasaron, entonces, a las calumnias.

La primer denuncia fue asombrosa, o más bien insensata. En una Convención de periodistas, recibió, como premio a su valentía, una estatuilla de metal noble, hecha por un artista extranjero. Los periódicos serios celebraron. Pero un locutor de radio se preguntó si Testa no había cometido contrabando, ya que la estatuilla era extranjera.

La estupidez era evidente. Sin embargo, los diarios publicaron la noticia asombrosa: "El juez investiga al periodista José Luis Testa por contrabando".

Algo cambió desde ese día en el hogar de los Testa. La mujer presintió que empezaban a cumplirse los presagios, las malas sombras que enfermaban sus insomnios. Entraban en un túnel cuyo final no conocían.

Y como ella había temido, la absurda acusación de contrabando fue sólo el comienzo de la minuciosa y planeada destrucción de su marido.

Testa había elogiado con frases de ironía la habilidad del Secretario de Catástrofes que supo arrebatarle un campo flor a un chacarero fundido.

Una noche, poco después de publicar aquella nota, los Testa disfrutaban la tregua que sucede a una jornada de trabajo sentados ante el televisor. En el silencio de la casa sólo se oían los breves y espaciados berridos que lanzaba Luisito desde su cuna, empeñado en romper el pequeño muñeco que dormía con él.

Inesperadamente, en la pantalla del televisor se abrió el tobogán que conduce al infierno: el Secretario de Catástrofes, alterado, con un gesto que pretendía ser de indignación, decía que el periodista José Luis Testa le había pedido una importante suma de dinero para no escribir contra él en el periódico. "Como no le pagué, explicaba el Secretario, inventó esa historia sobre el campo que compré con los ahorros que, al morir, me dejó mi papá". Y pareció que lagrimeaba recordando a su papá, muerto medio siglo antes.

Junto al Secretario, un hombre escuálido, aspecto de lombriz, con cara de hambre, decía "Sí, sí, yo estaba ahí cuando ese tipo le pidió la plata", en el tono que habría usado un niño en el Salón de Actos de la escuela al recitar un verso.

El juez abrió una causa por tentativa de cohecho. Y desde entonces, la existencia de Testa fue la de tanta gente perseguida. Ingresó en un laberinto de interrogatorios, un embargo sobre su departamento que el Secretario de Catástrofes pedía por el daño que el periodista le había hecho en el alma, citaciones, esperas infinitas, nuevas citaciones.

La telaraña que el juez construyó no fue de hilos de seda; acorraló a Testa en una malla de acero invulnerable.

Cuando Beatriz entró a la Oficina de Prensa, su jefe la recibió con entusiasmo, alzando una hoja de papel.

— Felicitaciones, la ascendieron, acabo de recibir la comunicación.

—¿Un ascenso?

—Un ascenso. Va a cumplir funciones superiores, más delicadas.

—Pero a mí me gusta el trabajo de prensa, usted sabe, estudio periodismo...

—Justamente, va a seguir haciendo prensa, pero al lado del Rey. Va a redactar las noticias que él personalmente le indique

Beatriz se mordió un labio. "Va a llevarte a trabajar con él, te va a amargar la vida", había dicho Gastón.

—Yo querría quedarme en esta oficina, trabajo tan cómoda con ustedes.

El jefe, sonriendo, una sonrisa amistosa, de sorpresa, exclamó:

—Pero, Beatriz, va a tener su oficina al lado del despacho del Rey, más cómodo imposible, va a estar como una princesa–. Y agregó con afecto: –Dentro de un tiempo usted nos va a mirar de costado.

Pensó en renunciar; se lo había prometido a Gastón si ocurría lo que acababa de ocurrir. Pero sus padres habían perdido sus empleos en la empresa de carbón y a su edad nadie les ofrecería un trabajo digno, capaz de reemplazarlo; sobras apenas, como el bar que ofendía las noches de su padre.

Quiso pensar, entonces, que el Rey no descendería al agravio o al acoso. Conocía, quizá, su eficacia en las tareas de prensa y querría encomendarle, sin empleados de por medio, la difusión de las noticias que más le interesaban.

Entró con miedo a la nueva oficina. Apoyó sus carpetas, su agenda y sus bolígrafos sobre el amplio escritorio y esperó.

Voces distintas y risas venían del despacho del Rey, al otro lado de la puerta. Temió que cesaran esas voces y la puerta se abriera, pero nada ocurrió aquella mañana ni en los días que siguieron. Pensó con esperanza que el Rey la había olvidado.

Su duda fue contarle o no contarle a Gastón, amargarlo por algo que no podía resolver o que, quizá, no tendría importancia. Pensó que esperaría.

Una mujer, invisible fuera de aquel bar de hombres solos, tomaba una copa de vino sentada al mostrador. La mejilla apoyada en una mano y el codo en el estaño atenuaban la molestia del taburete sin respaldo.

Sola, abismada, contemplaba el aire como si no estuviera allí. Fumaba con vehemencia y cada tanto agitaba la mano de sostener el cigarrillo en un gesto de hablar o discutir.

Por piedad ante esa estampa de abandono, o por aburrimiento, quién sabe, Rafael le arrimó otro vaso en reemplazo de la copa vacía y anunció "Invito yo".

La mujer bajó del sitio alto al que se había alejado y lo miró sin interés. Después dijo "Gracias" y empezó a beber, puestos los ojos en ninguna parte, y en la brevedad de ese acto pareció mostrar su decisión de terminar ahí el diálogo.

Pero Rafael alzó su vaso de ginebra forzando a la mujer a un brindis, dijo "Chin chin" y, al chocar las copas, sonrió tranquilo para hacerle saber que aquél era, nomás, un instante amistoso y efímero.

Cuando ella retribuyó la sonrisa sus rasgos mejoraron, apareció otro rostro, más suave, no hermoso pero tampoco indigno de miradas. La sonrisa tiene eso, transfigura la hosquedad y la pena que afean en la gracia del alivio.

Hubo breves frases iniciales dichas sin intención, las expresiones habituales que permiten conocerse, y la mirada de ella aún cautelosa, hecha a los encuentros de la noche en boliches como ése, de palabras a medias y ambiguas intenciones. Pero pronto notaron que era cómoda entre ellos la conversación. Se llamaba Mireya, aunque, tal vez, ése fuera su nombre nocturno.

De a ratos, alguien se acercaba al mostrador y pedía una copa. Pero era, apenas, una breve interrupción. Rafael servía, cobraba y volvía al rincón del mostrador donde la mujer ya no apoyaba su mejilla en una mano ni abandonaba en el aire la mirada y sólo parecía interesada en retomar con él la conversación interrumpida.

La noche siguiente la mujer se presentó vestida con cuidado. No era joven, su cuerpo no ocultaba las desarmonías y excesos que inevitablemente impone el trabajo de los años y, sin embargo, no desentonaban en ella su blusa de color alegre ajustada al cuerpo y la pollera corta, que permitía observar sus piernas bien formadas.

Ni en su ropa ni en su gesto ni en el modo de sentarse al mostrador quedaban rastros de la incierta tristeza de la noche anterior. Fumaba sin énfasis, como si ahora el infaltable cigarrillo ya no fuera una presencia importante.

Rafael sintió que, por fin, alguien en ese sitio hostil lo acompañaba, podría escucharlo, hablar sin los gritos de alcohol y prepotencia que allí imperaban, un ser humano que haría más ligeras sus noches en el bar.

Y esos sentimientos, no pasión ni arrobamiento, sólo afán de juntar soledades, los sacaron del boliche a la hora de cerrar, los llevaron las cuadras necesarias hasta la pieza de pobres que la mujer ocupaba en una pensión cercana y los unieron en la cama sin palabras de amor, hasta que el sol le avisó a Rafael que era hora de volver a casa.

En los jadeos y gritos sofocados que aquella madrugada se oyeron en la pieza, Rafael y la mujer hallaban, quizá, modos de olvido, una tregua, aturdimiento, por un momento lejos los desaires de la adversidad.

El Secretario de Moral Pública hizo despacio el camino que cruzaba el jardín, detuvo el automóvil convertible sobre la explanada que precedía a su casa y, haciendo sonar la bocina, gritó "Vieja, vení a ver".

El reino había vendido el aire fresco de la costa; los gringos lo embolsaban en recipientes gigantescos para alquilarlo en las tierras calientes donde los pájaros se secan a la sombra; un gran negocio. La Caja de la Felicidad recibió lo suyo que, como siempre, fue honestamente distribuido. El Secretario de Moral Pública, antes de enviar su parte al banco de una isla inhallable donde crecía su cuenta, separó un poco de dinero para comprar el convertible.

Su mujer salió apurada, los bocinazos podían anunciar una desgracia. Después observó con asombro la alhaja que estaba entre las flores, se acercó y exclamó con disgusto: "¿Pero qué es esto?".

El, sin oírla, hizo una exhibición de maravillas. Rozando apenas el tablero descorrió la capota, alzó los párpados que cubrían los faros, encendió los televisores de bolsillo que había ante los asientos, desató sobre ellos lluvias de fragancias, con un botón las dulces, con otro las más secas, con otro las que provocaban desenfado y estímulo sexual.

Prorrumpió en frases de entusiasmo que debían conmover a su mujer, "Mirá esto, vieja", "te imaginás los pibes, la parte que se van a mandar", "oí el motor", y apretaba el acelerador para que se produjera un ligero zumbido, casi una respiración. Después dijo con orgullo: "Subí, vamos a dar una vuelta, vas a ver lo que es una máquina".

Pero la mujer no compartió ese brío ni subió al automóvil, sólo mostró su invariable distancia ante la súbita riqueza del marido.

El reprimió su fastidio e insistió:

—Vení, vamos a dar una vuelta.

—No puedo, estoy ocupada. –Y mientras volvía a la casa, de perfil, sin mirarlo, dijo: –Ya tenemos dos autos, no sé por qué compraste otro. Y encima tan lujoso.

El la observó indignado. Para expresar su rabia, apoyó largo rato una mano en la bocina. Después gritó furioso:

—¡Será posible, carajo! No hay garcha que le venga bien.

Pero más tarde, cuando sus hijos volvieron del colegio, rodearon con asombro el automóvil de otro mundo, tocaron sus muchos aparatos y olfatearon el aroma a cuero y metal nuevo, el Secretario nuevamente propuso "vamos a dar una vuelta" y sintió una inmensa alegría cuando sus hijos pelearon por ocupar el asiento delantero junto a él.

Los chicos pasearon con su padre en el nuevo automóvil, fueron al campo para correr en rutas despejadas, movieron palancas y botones del tablero que desataban insólitas respuestas, se disputaron el volante desde el que percibían la levedad de pájaro que apenas rozaba el pavimento y gozaron sus lujos y extravagancias.

La mañana siguiente su padre los llevó al colegio. Al bajar del convertible notaron que sus compañeros, arremolinados ante la puerta en la vereda hasta la hora de entrar a clase, miraban el auto, no con envidia, tampoco admiración, sólo con un gesto serio.

El Secretario de Moral Pública se detuvo un largo momento con la excusa de buscar algo en la gaveta para permitir que esos chicos contemplaran su automóvil.

Cuando los hijos del Secretario se acercaron a sus compañeros, nadie prorrumpió en elogios, ni bromas, ni aspavientos, como ellos tal vez esperaban; el silencio los acompañó un instante. Pero luego, uno de esos muchachos preguntó en voz alta, para que todos oyeran:

—Tu viejo es ministro, no?

Durante esa mañana, sin que hubieran actitudes hostiles ni palabras de ofensa de sus compañeros, que ya habían olvidado aquella breve escena en torno al automóvil, los hijos del Secretario sintieron, como habían sentido tantas veces en ese último tiempo, una vergüenza de la que jamás hablarían, una vergüenza que envolvía a su padre.

El poder letal de la calumnia lograba su efecto. En las charlas de café, los que antes admiraban el coraje de Testa, comentaban ahora con incertidumbre el pedido de coima que el Secretario de Catástrofes había denunciado. Refiriéndose a éste, decían algunos:

—Ese gordo tiene más cara de boludo que de chanta. Capaz que es cierto lo que dice.

—Cuando el río suena, agua trae –comentaba otro, filosóficamente.

Como había sucedido en un país de América en tiempos de tragedia, ante el ataque despiadado a Testa nuevamente se impuso en los corrillos la crueldad de una oración: "Por algo será".

No obstante la vacua denuncia y la mendacidad evidente del testigo, un pobrecito hambreado a quien después de declarar contra Testa se lo vio más llenito y rosado comiendo en restoranes y con ropa nueva, el juez continuó con rigor la causa por tentativa de cohecho.

Cómo se desarrollaron los hechos, los absurdos que envolvieron a Testa, la falta de ventanas en esa trama destinada a destruirlo, todo puede leerse en *El proceso*. Allí está contado. Kafka no inventó la pesadilla, no imaginó lo que relata: copió de la vida.

En el periódico fueron contundentes. Apreciaban la pluma de Testa y su empecinada dedicación a la tarea, pero tal vez, dijeron, había ido demasiado lejos. Y ahora, encima, ese juicio penal que podía manchar el prestigio del diario si él seguía con ellos. Lo despidieron.

Y fue, entonces, una vez más, la vieja y repetida historia de la inocencia herida, la debilidad de la razón, el triunfo del poder salvaje.

No sé qué destino tuvieron los Testa. Es posible que perdieran, por decisión del juez, el departamento que habitaban para pagar la ofensa al Secretario de Catástrofes, tal vez se mudaron de barrio, a donde no los conocieran y nadie murmurara sobre ellos, no sé si consiguieron un trabajo, si Luisito creció en el ámbito de amor en que vivía, ignoro los detalles, pero creo, porque las penas se parecen en esta tierra de hombres, que después de aquel suceso, la vida fue muy triste para ellos.

Pocas noches después de su primer encuentro, la mujer llamada Mireya volvió al bar, pidió su vaso de vino y, cuando Rafael dijo "Bienvenida", sonrió como puede sonreír quien siente que ha llegado a un recinto amistoso y seguro. Charlaron tranquilos, sin intimidad ni compromiso, con la noche por delante.

Y esa noche y las noches que siguieron, en las pausas

que permitían los clientes que venían al mostrador con pedidos y reclamos, Rafael regresaba al rincón donde la mujer esperaba sin apuro, y en la conversación hecha sólo de anécdotas, recuerdos que quizá no eran graciosos pero ambos festejaban como motivos de alegría y confidencias superficiales y ligeras que nunca revelaban los circuitos del alma ni las huellas más graves de la vida, Rafael se alejaba del bar, de las voces de pelea de los parroquianos que enturbiaban el ambiente y hasta de la incertidumbre que no lo abandonaba desde la sombra que se había puesto en el país, la pérdida de su empleo, la súbita pobreza de su casa.

Más tarde, en la cama de ella, el sexo, la pasión momentánea y el íntimo placer le concedían, hasta la primera claridad del sol, el alivio de no recordar, un oasis en la desolación del pensamiento.

Ya de mañana, entraba a su casa descalzo, cuidando la respiración, temiendo una escena de celos y amargura y repitiéndose las frases de excusa que pronunciaría, pero llegaba al dormitorio y ahí estaba, nítido y sencillo, su lugar de siempre, el perfume suave de Cecilia y su tenue siseo de sueños tranquilos, y sin pensar que en su piel persistían quizás el olor agrio del sexo y la loción más dulce de la otra mujer, sin remordimientos, sin pecado, besaba la mejilla de Cecilia, un beso leve que ella incorporaba a las imágenes en fuga que soñaba, sintiendo cuánto la quería. El placer y la efímera tregua de las noches pertenecían a otro mundo.

Corridos por la desocupación que se extendía en el reino, Jacinto y Nicanor, los antiguos compañeros de pensión de Pedro Montes, viajaron a la capital. Trabajaron en un restaurante, repartieron papelitos en una calle peatonal, pasearon perros, pero todo duró sólo unos días; intentaron entonces malabares en las esquinas céntricas, pero las bolas se les iban de las manos, golpeaban a los peatones, astillaban vidrieras y provocaban variados contratiempos. Finalmente, juntaron coraje y se presentaron en la Casa Verde.

Al empleado que, enmarcado en una ventanita, los miraba con desconfianza, le explicaron:

—Somos amigos de Pedro.

— De Pedro Montes.

—¿Cómo dice? –exclamó furioso el empleado.

Jacinto y Nicanor advirtieron que ese hombre no era corpulento, era bajísimo, pero de todos modos sintieron temor. "Tengan cuidado, la gente de la capital es rara", les habían dicho en su provincia. Y ahí estaba la prueba.

El empleado gritó:

—¡Confianzudos! ¡Al hablar del Rey deben decir Monseñor! –Bajó la voz y murmuró–: Chacareros de mierda.

Los otros comprendieron y dijeron con respeto:

— Somos amigos de Monseñor y querríamos verlo.

En los pasillos les sorprendió advertir que los empleados que cruzaban eran tan bajos como el hombre de la ventanita.

Los atendió el secretario privado del Rey. Explicaron que habían sido compañeros de pensión de Monseñor, querían saludarlo y pedirle un favor.

Tras horas de esperar en un pasillo, el secretario los llamó.

—Monseñor está ocupado, lamenta no poder recibirlos, les manda saludos.

Nicanor y Jacinto se miraron. Después habló uno de ellos, algo asustado, sin muchas palabras, pero dijo lo que pretendía decir:

—¿Sabe?, allá en la provincia la cosa se ha puesto jodida, andamos sin trabajo, así que queríamos pedirle una manito a Pe... a Monseñor.

El otro completó:

—Estamos para lo que sea, sabemos hacer de todo.

El secretario dudó un instante, esos hombres eran antiguos amigos del Rey, vaya a saber qué influencias podrían tener. Así que, con cara neutra para no comprometerse, les entregó un formulario y un bolígrafo:

—Son solicitudes de empleo, escriban sus datos.

Los hombres se miraron. Uno de ellos se animó a decir:

—No somos buenos para escribir.

El otro fue más claro:

—No sabemos escribir.

El secretario, de acuerdo a sus hábitos, sus modales ante los que venían a llorar miseria y pedir trabajo, estuvo por echarlos con una puteada. Pero se contuvo.

—Está bien –dijo, recuperando el bolígrafo–. Les lleno yo el formulario. –Y en confidencia, acercándoles la cara para que esos hombres apreciaran el favor que les hacía, pidió–: No le cuenten a nadie porque sino me vuelven loco pidiéndome lo mismo, lo hago por ustedes y punto.

El secretario preguntó nombres, edades, estado de salud, nacionalidad y grupo familiar de cada uno, exigió referencias –ellos dieron el nombre del Rey– y les pidió que describieran sus habilidades.

—Yo puedo hacer de todo, pinto, lustro, arreglo cañerías, electricidad no porque me da un poquito de cagazo, le puedo hacer una pared y los mandados si es el caso.

—Yo también, y me doy maña con las visitas, sirvo la mesa, sirvo lo que sea para los patrones. –En su entusiasmo estuvo por decir, para mostrar disposición, "Sirvo a la señora si se necesita", pero le pareció imprudente.

Y ambos prorrumpieron en exageraciones: "Hacemos el corte artístico del pasto, yuyos más altos y más bajos, ¿entiende?, la cara del patrón en el medio y alrededor corazones que quedan tan bonitos", "Le adiestramos el perro para que traiga los zapatos, al loro para que dé la hora", "Si hay canario le enseñamos valsecitos o lo que el patrón disponga" y explicaron: "Porque el canario pura fama, pero en realidad, si no le enseñan, silba como el culo".

Los interrumpió la voz tranquila del Secretario Principal que, acercándose, había escuchado esa enumeración de habilidades y, más importante, las referencias a la antigua amistad de esos hombres con su jefe en un tiempo del que poco se hablaba:

—Así que buscan trabajo.

En su juventud, el Secretario Principal observaba el movimiento de las nubes y las formas de las piedras; buscaba en los hechos del cielo y en los bordes caprichosos de las piedras un anuncio de fortuna. "Está loco", decía su padre cuando sus vecinos comentaban el hábito del hijo.

Vivían en un barrio pobre de una ciudad pobre de provincia, pero él, en vez de contribuir a los pocos ingresos de la familia, pasaba las horas mirando el cielo y recogiendo piedras para escrutar azares.

Hasta que, ya hombre, en las irregularidades de una piedra amarilla –que imaginó un presagio de oro– halló dibujado un sombrero de plumas como el que, en ese tiempo, recorría el país anunciando a Pedro Montes, candidato a Presidente.

Discurrió de inmediato que junto a ese hombre hallaría el futuro, o más precisamente su riqueza futura, así que buscó el modo de acercarse a él y nunca más se separó. Después, la Caja de la Felicidad lo convirtió en un hombre rico y de modales.

Poseía una casa más vasta y lujosa que sus colegas. El jardín abarcaba hoyos de golf, gigantescas piscinas y hasta un león de plata que las noches de fiesta rugía y lanzaba obsequios sobre los invitados; el jardín llegaba al río en una extensa y delicada pendiente que, vista desde las torres de la casa, suscitaba sensaciones de infinito.

Un envidioso criticó en un periódico que ese hombre de pasado humilde poseyera de pronto esa mansión. "Es de mi hermanita", explicó el Secretario, así como otros invocaban a la esposa o a la suegra, por más que en su vida esas mujeres sólo hubiesen cocinado o lavado ropa ajena.

El Rey era su amigo, pero cuando se comparten secretos como los que esos hombres compartían, capaces de arruinar la vida si alguien se vuelve conversador y loquito, lo prudente es tener todas las armas, pensaba el Secretario. Esos dos desarrapados, que conocieron al Rey en su pobreza, sabían, seguramente, historias interesantes.

Jacinto y Nicanor ocuparon un cuarto de servicio de la casa. Son arreglatutti, hacen de todo, explicó el Secretario a su mujer.

Ella, a quien en ese instante sólo preocupaba elegir el modo de inflar sus labios y rodear sus ojos con perennes líneas negras, no oyó las explicaciones del marido o, al menos, no demostró que le importaran.

Cuando Jacinto y Nicanor se presentaron a saludarla y, para ser finos, dijeron "Mucho gusto, madama", la señora del Secretario, sin mirarlos, sin recoger sus manos extendidas, exclamó "No sean brutos, no me digan madama", y volvió a sus preocupaciones. Primera lección de modales en una casa de gente elegante, pensaron satisfechos los amigos.

De inmediato, Jacinto y Nicanor intentaron probar su eficacia. Lustraban, sacudían cortinas, plumereaban los perritos falderos de la patrona, recortaban corazones en el pasto y de noche cubrían con trapos la jaula de los pájaros para que no se alborotaran con la luna. Pero cometían excesos.

En sus afanes y extrema voluntad, produjeron huecos en el rincón del techo donde hallaron una mínima gotera, arrancaron el rosal premiado en Chelsea, una rosa híbrida de té que el Secretario Principal había comprado en Londres, y en su manía de pasar constantemente cera sobre los pisos de mosaico provocaron a la servidumbre y a ciertos invitados algunas caídas feas.

La mucama de mesa fue una de esas víctimas, justamente la tarde que la patrona daba un té a sus amigas.

Los vistieron con saco blanco y moño negro de mucamos. El mayordomo principal, que conocía sus énfasis y apresuramientos, les advirtió:

—Despacito, despacito, no se atoren con la bandeja porque van a hacer cagadas, ¿entendieron?

Ellos agradecieron el consejo. Pero era un día terrible para Nicanor, su vientre iba a estallar como si hubiera comido garbanzos (pedorrero como era, se cuidaba y sin embargo), así que decidieron que serviría Jacinto hasta que él se sintiera mejor.

Jacinto entró al comedor con la bandeja de plata donde humeaban la tetera panzona y la jarra de leche. Había querido llevar a la mesa una fuente de tortitas guarangas, bolas de fraile y facturas de grasa que él y Nicanor habían comprado para obsequiar a la patrona, pero el mayordomo lo impidió.

Se detuvo un momento chocando con fuerza sus talones para que sonaran, observó a las mujeres sentadas a la mesa, en quienes resaltaban las variadas tinturas de sus pelos, y con voz vigorosa dijo:

—Buenos días, señoras.

Después, sin cometer errores, sirvió el té y gotas de leche según ellas pedían.

Las mujeres saboreaban delicias que había en las fuentes y bebían sus tazas con el meñique alzado, observó Jacinto, que trataba de aprender modales.

Cuando acabó de servir, Jacinto exclamó, levantando la voz para que todas oyeran:

—Buen provecho, señoras.

La patrona tosió un carraspeo de disimulo y varias mujeres siguieron conversando, pero otras, cuyos maridos recién se incorporaban al entorno del Rey y a los beneficios de la Caja, es decir a los tratos que la nueva fortuna permitía, mujeres que aún bebían con ruidos importantes de chupar y exhalaban después un suspiro de goce, un "ahhh" satisfecho y profundo que debía sonar como un cumplido, esas mujeres todavía sencillas contestaron: "Muchas gracias".

Cuando Jacinto regresó al comedor con refuerzos de masitas, tostadas y sandwiches calientes y empezaba a distribuir sobre la mesa pequeñas fuentes y potes de mermelada, una mujer, probando una bomba de crema, exclamó:

—Qué rica.

Jacinto la miró sonriendo desde el otro lado de la mesa y anunció con simpatía:

—Coma tranquila, señora, que en la cocina hay más.

La patrona lo observó un instante. Después lo llamó y, en voz baja, le ordenó que se retirara, que viniera a servir "el otro".

Nicanor se hallaba echado boca abajo en su cama. Cuando Jacinto dijo "Vas a tener que ir vos, no sé por qué no quiere que siga sirviendo, si no rompí nada, no hice ningún zafarrancho", Nicanor se aterró, gritó "No puedo, estoy muy mal". Pero la orden de la patrona debía cumplirse.

Nicanor entró al comedor apretando las nalgas, pálido, asustado, con rumores terribles en el vientre.

Moviéndose con cuidado, se acercó a reemplazar fuentes vacías y a llenar nuevamente las tazas de té.

El rumor en el vientre crecía y, lo peor, bajaba. Apretó más fuerte las nalgas, caminó con las piernas juntas, trató de pensar en su mamá y otros temas queridos para alejar el terror que empezaba a aturdirlo, pero el rumor le estrujaba las tripas.

Sudó helado, no oyó lo que algunas mujeres le pedían señalando sus tazas con larguísimas uñas coloradas, e intentó seguir sirviendo, hasta que supo que era inútil. Se detuvo entonces en un extremo de la mesa, miró a las mujeres con ojos desorbitados, ellas alzaron la vista hacia ese rostro pálido, de boca apretada y gestos de espanto, y sin moverse por miedo a evacuar, lanzó un pedo apocalíptico, el más estruendoso y prolongado pedo que esas mujeres jamás escucharían.

Fue la última vez que les permitieron acercarse al comedor.

Pero conservaron su cuarto y tareas menores en el jardín y la cocina, hasta que el Secretario Principal se convenció de que esos hombres no escondían secretos sobre vicios del Rey en sus tiempos de pobre.

Mireya faltó al bar una larga semana. Rafael, sin proponérselo, entre copa y copa que servía miraba hacia la puerta, no por sentimientos ni por el placer del sexo de las madrugadas, sino, y nada más, se decía Rafael, por tener, en esa confusión de sordidez y altisonancias, una presencia amiga, alguien con quien conversar. Sin embargo, cada golpe de viento en la puerta, el clic del picaporte y hasta el débil chirrido de los goznes le imponían un sacudón en el pecho, un cambio ligero en la respiración, algo que no intentaba descifrar.

De manera que le alegró verla entrar con su aplomo,

los pasos de tacones altos que resonaban en la vetustez de la madera y el permanente cigarrillo.

Rafael despachó a un par de borrachos que tenía delante y exigían a gritos nuevas copas, y fue hasta al rincón del mostrador que ocupaba Mireya sin ocultar una sonrisa de entusiasmo.

Pero su sonrisa se quedó en el aire, sola, sin la compañía de palabras que esperaba.

Mireya parecía distinta aquella noche. Contestó al saludo con una frase corta y educada y enseguida pidió "Por favor, me traés un vaso de vino".

Era, inexplicablemente, el tono de evitar conversación.

Rafael le arrimó el vaso y esperó un comentario sobre sus noches de ausencia, una broma, una pregunta de interés sobre los últimos días de él.

Pero Mireya recogió su vaso, dijo "Gracias", y fue como si en ese instante sólo le importara saborear el vino que bebía.

Rafael imaginó que una preocupación o un hecho momentáneo modificaban su carácter. Así que, discreto, sin preguntas, volvió al extremo del mostrador donde ahora se agolpaban algunos parroquianos. Se detuvo ante ellos y esperó sus pedidos. Posiblemente, después de esa pausa, cuando él se acercara a reponer el vaso de Mireya, volverían a ser como habían sido, íntimos y cómplices en esa cueva de gente insoportable.

Oyó la risa de Mireya, alta, ruidosa, sin cuidado, la risa que otras noches festejaba los cuentos y ocurrencias de Rafael y ahora acompañaba al cuchicheo de un joven que le hablaba inclinado, muy cerca de su cara.

Por inesperada, o quizá por una razón más profunda, aquella escena fue, para Rafael, un golpe de disgusto.

Se propuso no mirarlos y siguió atendiendo a los parroquianos y, por primera vez, para borrar lo que ocurría en otro rincón del mostrador, se dirigió a ellos con preguntas atentas, si querían otra copa, platitos de aceitunas, si les faltaba algo, lavó en el piletón los vasos que volvían de las mesas y otras noches juntaba hasta la hora de cerrar, puso orden en los estantes de botellas, hasta que un chistido y un grito de hombre, "Mozo", lo llamaron desde el otro rincón del mostrador.

Se acercó, sin mirar a Mireya escuchó el pedido del joven, "Dos copas de tinto y algo para picar", y lo que conservó de ese instante, más que humillación, fue asombro por la distancia de ella, ni una sonrisa, ni una palabra amiga, ni el gesto de advertir que él estaba allí, de pie y sirviendo detrás del mostrador.

Más tarde, cuando el joven, sin mirarlo, le pagaba, Rafael observó en las manos de Mireya las uñas puntudas, rojooscuras, demasiado largas, y sin proponérselo, sin saber por qué, quizá a puro disgusto, imaginó que esbozaban la incierta curva de las garras.

Rafael no supo realmente qué sintió cuando la pareja salió del bar.

Desde la cocina, Cecilia preguntó si cenarían con ellos. Antes de que Gastón respondiera, Beatriz dijo que los esperaban amigos en un restaurante del centro. "Se van a perder el pollito con crema que estoy preparando", insistió Cecilia para tentarlos. Pero Beatriz repitió que no podían quedarse, "Gracias mamá, no podemos colgar a los amigos", dijo.

Después, en el departamento de Gastón, explicó que quería estar sola con él, la noche entera para ellos.

—¿Un ataque de amor? –preguntó Gastón sonriendo.

—Un ataque de amor.

—Qué suerte –dijo él, empezando a abrir la blusa de Beatriz.

Beatriz no sabía qué palabras podían ser útiles, cómo decirlo sin que él se preocupara, pero debía contárselo esa noche.

Dejaron una botella de vino sobre la mesa de luz, junto a una rosa de pie. Después se desvistieron uno al otro, lentamente, con suaves movimientos, para hacer más prolongada la inminencia del placer.

Ella recorrió el pecho de Gastón con besos y falsos mordiscos y sintió el ardor y la turgencia en los pezones al contemplar su violenta erección. Se arrodilló y el sexo de él llenó su boca.

Después, Gastón echó unas gotas de vino sobre ella, una imagen de gloria caliente y perfecta en la cama, y anduvo bebiéndolo en su cuerpo, besó las nalgas altas y redondas, las curvas de sus piernas, al subir por los muslos sintió la agitación de Beatriz por el beso profundo que esperaba, se detuvo a aspirar el calor suave y agrio de su intimidad y entró en ella con los labios hirviendo. Revolvió esos pliegues tiernos con destreza –conocía los tiempos secretos de Beatriz– y sacudió el ínfimo cuerpito rígido y alzado que en el amor exacerba y trastorna a la mujer, hasta que los ayes y quejidos de ella revelaron que no podía esperar más. Entonces, el sexo de Gastón reemplazó a su boca e hicieron el amor en éxtasis, en la fragancia sin prisa de la rosa, sintiendo intensamente cuánto se querían.

Dios se acercó a ellos en el supremo instante, la turbación que no es posible describir, el momento en que un hombre y una mujer son uno solo y al que Gastón y Beatriz llegaron jurándose pasión y eternidades.

Cayeron envueltos en la confusión del sueño y la felicidad. Durmieron abrazados e hicieron otras veces el amor en esa noche que no debía terminar.

Desdichadamente, el alba, puntual, cumplió su rito y vino la mañana. Beatriz debía decírselo.

—¿Sabés, Gastón?, tengo que estar afuera una semana, viajo hoy al mediodía.

—¡Qué!

—Por trabajo. Una campaña de prensa para el Rey. –Sonriendo, trató de hablar con burla, para que el tema no fuera su anunciado viaje sino el absurdo proyecto del monarca: –Quiere que preparemos unas notas donde la gente diga que lo quieren, que tiene que gobernar toda la vida, que el país está mejor que antes. Gente inventada, por supuesto. No sé quién va a creer esos bolazos.

Pero Gastón no aceptó su sonrisa ni le importó el desatino del Rey, sólo le preocupaba Beatriz.

—¿Dónde vas a estar?

Pretendió que su respuesta sonara indiferente:

—En el Palacio de Verano.

Gastón se incorporó para observarla. Preguntó como quien invoca al diablo:

—¿Con el Rey?

—Van a estar el Rey, su esposa y algunos funcionarios.

—En el palacio donde esos atorrantes hacen sus fiestas.

—Yo voy a trabajar y a extrañarte. –Y agregó abrazándolo–: Una semana pasa volando.

Ocurrió, entonces, como Beatriz temía, la desdichada escena, los temores de Gastón, su prevención de acosos y las palabras de confianza de ella, "Por favor, no te preocupes, el Rey nunca me faltó el respeto ", inútiles ante la certeza de él, "Los pajeros siempre acosan", y finalmente la última verdad, irrefutable y triste, "Vos sabés que no puedo dejar el trabajo, en casa necesitan mi sueldo, y si no voy me echan".

Al diálogo sucedió un momento muy largo, hecho sólo de abrazos y palabras de pena y despedida.

Pactaron, como siempre que se habían separado, encontrarse en Betelgeuse cada noche a las diez.

El viaje a través de los ríos fue sereno y deslumbrante. Duró dos días y una noche. La nave real no voló, no encendieron las turbinas que la alzaban, reservadas a los cruces del océano; se deslizó como barco común hendiendo suave el agua con un murmullo asmático de motores templados y provocando la proa un silbido ligero.

De las orillas llegaban, constantes y diversos, cantos de pájaros y voces de animales. A veces, el grito de un mono parecía exigir el aplauso que merecen los solistas.

En cubierta, una orquesta ejecutaba melodías tropicales que provocaban contorsiones en algunos cortesanos y las marchitas de carnaval que el Rey tanto apreciaba. Un par de mozos se movían con cuidado ofreciendo champagne y exquisiteces.

Al promediar la tarde vieron, más allá de la costa, una imprecisa multitud oscura, como puntos o cabecitas negras que avanzaban en sentido contrario al de la nave, quizá por un camino paralelo al río, y chispazos de hogueras o estallidos. Oyeron, o creyeron oír, lo que tal vez fueran cantos o gritos deformados por la lejanía.

En mitad de la noche hubo en la nave un ruido tremendo y continuado, un estruendo de serruchos trozando un tronco, y en seguida un tumulto de corridas en los camarotes bajos de la servidumbre.

El barco recuperó su calma cuando alguien informó que sólo habían sido los ronquidos de un mucamo, acallado por sus compañeros.

Jacinto, a quien el Secretario Principal enviaba, con su compañero Nicanor, a servir en el Palacio de Verano, había lanzado sus terribles ronquidos (los conocimos cuando esos hombres compartían con Pedro Montes un cuarto de pensión), ronquidos que acabaron cuando algunos marineros se arrojaron sobre él, llenaron su boca con un trapo, y un grandote, mostrándole un cuchillo, anunció que buscaría en su garganta la bestia que rugía.

Beatriz no compartió la fiesta de la travesía. Pasó las horas encerrada en su camarote con la excusa de un malestar pasajero, diciéndole a Gastón en amorosos pensamientos que podía estar tranquilo, que nadie la acosaba, que pensaba en él.

La aproximación al puerto fue asombrosa. Los muelles y la escollera forrados en mármoles purísimos al sol se comportaban como espejos; un resplandor blanco, enceguecía.

Al fondo, el Palacio, abierto, transparente, era un júbilo estético.

Como siempre ocurría en el Palacio de Verano, los días de los cortesanos transcurrieron despreocupados y felices.

El Rey ordenó un torneo de polo, montó el pony que engordaba en los establos cuando el amo estaba en la ciudad y, como ya era habitual, venció no obstante la lentitud y el ocio de su caballito.

En un acto festivo recibió el trofeo de plata con su nombre y la flor de lys tallados, entre aplausos y vivas de los cortesanos.

Beatriz fue convocada a aquel acto en términos que no admitían rechazo. Desoyendo indicaciones que pretendían sentarla en un lugar cerca del podio, se ocultó en un rincón, rogando no ser descubierta por el Rey. Pero el Rey, después de los discursos que exaltaban su habilidad en los deportes y sus músculos de goma, descendió del podio y caminó derecho a donde estaba Beatriz, sacó del interior de su chaqueta de polista un clavel de tallo largo que, tal vez por el encierro, parecía marchito y olía, más que a clavel, a hombre sudado, y lo ofreció a la muchacha, que debió inclinarse para recibirlo. Un fuerte aplauso alabó esa cortesía. Pero hubo gestos de disgusto en algunas cortesanas: la favorita podría acaparar mercedes y espacios de poder.

El Comedor de la Mañana, donde sucedía el desayuno, era un salón de vidrio instalado en el parque, con plantas que se abrazaban a las patas de las mesas y trepaban a mezclarse con las tazas y las cestas de mimbre donde humeaban tostadas y delicias, provocando en algunos comensales la sensación de compartir un pic nic.

Nicanor notó admirado que las mujeres se habían acicalado como si se tratase de una fiesta.

Abombaban el aire perfumes tan dulces y espesos que provocaban estornudos. "Si aquí me tiro un pedo ni se nota", pensó Nicanor satisfecho.

Le extrañó hallar, entre esos lujos, a una muchacha sola, bellísima en su vestido blanco, sin alhajas ni perfume, sólo el aroma a bosque que sintió al inclinarse para dejar ante ella el desayuno.

Algo frágil o indefenso en la muchacha y su modo de mirar con los ojos enteros lo alentaron a decir con simpatía "Coma, señorita, que le hace falta", y cuando ella lo observó sorprendida, Nicanor aclaró: "Está un poco flaca".

Jacinto, que en ese momento se acercaba con un refuerzo de tostadas, preocupado por las palabras de Nicanor, aclaró:

—Usted es flaca, pero muy linda, señorita. No piense, por favor, que mi compañero le quiso decir fea. No esas frases, sino la inocencia con que fueron dichas le hizo sentir a Beatriz, por primera vez en aquella semana, la presencia de gente parecida a ella en ese ambiente de artificios.

Esa tarde, el Rey la esperaba en el Patio de las Estatuas, un vasto espacio bordeado de columnas que acababan en capiteles distintos y estatuas de hombres hercúleos que simulaban sostener el techo.

En el silencio perfecto de la tarde podía oírse el chasquido pastoso de los frutos que caían de los árboles y estallaban en jugos en la tierra.

"Vamos a trabajar caminando, un trabajo peripatático, como hacía Aristóteles", había anunciado el Rey al convocarla, repitiendo enseñanzas del Profesor, aunque confundiendo un poco la expresión, quizá por influencia de la palabra "pata", tan vinculada a la acción de caminar.

El Rey se acercó a Beatriz con una carpeta en la mano.

Mientras caminaban, el Rey dictó, con la sobriedad de un estadista, esbozos de proyectos y planes de gobierno que concebían impuestos novedosos, una curiosa venta de tanques y torpedos a un minúsculo país desprovisto de ejército, un canal que cruzaría provincias para regar un caserío de montaña y hasta un subsidio para que todo el pueblo practicara polo.

Después, inició un discurso que hablaba de él y su magnificencia. "El gobernante más exitoso en la historia de este país", se definió.

Beatriz supuso que debía convertir ese discurso bíblico en un informe para la prensa y siguió anotando.

—No me escucha –exclamó el Rey irritado al ver que Beatriz no lo miraba, inclinada sobre su cuaderno.

—Tomo notas, Monseñor.

—No, deje, estas palabras no son para los otros, son para usted. Quiero que alguna vez pueda decir que el Rey en persona le describió esta nueva nación que ha construido. –Beatriz recordó fugazmente las procesiones nómades de los desocupados, pero logró que no se le notara.

El Rey la hizo sentar en un banco de mármol junto a él. Su discurso parecía interminable.

Por mí, que diga las pavadas que quiera con tal de que no me moleste, pensó Beatriz, y llegó a decirse "Te dije, Gastón, que podés estar tranquilo" y otras palabras de alivio y alegría.

Pero de pronto, Beatriz sintió con angustia que, inesperadamente, una somnolencia inevitable le empezaba a subir como una marea, los párpados se le caían, sus labios se ablandaban. Había dormido poco por la angustia de hallarse en ese lugar tan apartado o, más bien, por el recuerdo apasionado de su última noche con Gastón, una noche blanca, dichosa, interminable, entregada al énfasis del sexo.

Si el Rey lo advertía, su furia podía ser atroz. Sacudió la cabeza y se pegó en la cara para despabilarse.

El Rey se interrumpió.

—¿Qué hace?

—Un mosquito –contestó Beatriz.

El Rey siguió hablando, por momentos declamaba, pero, por desgracia, ya el sueño amodorraba el pecho y las mejillas de ella. Entraba en una sopa tibia. Finalmente se rindió, cerró los ojos y durmió, tal vez brevísimos instantes, pero suficientes para soñar con Gastón, sus palabras, sus caricias de amor, y se ve que sonrió ante tanto placer ya que oyó una frase enérgica que preguntaba deletreando, para mostrar indignación:

—De-que-se-es-tá-ri-en-do Be-a-triz?

Abrió los ojos asustada, vio cerca suyo redondeles furiosos que parecían devorarla y, como pudo, dijo:

—No reía, Monseñor. –Dios la iluminó, pudo agregar–: Lo escuchaba con placer y por eso sonreía.

El Rey la observó enojado. Pero luego reanudó su discurso y describió el glorioso futuro del país que él transformaba. "Hasta los gringos nos van a envidiar", afirmó satisfecho.

Beatriz, para mantenerse despierta, de a ratos movía la cabeza.

El Rey seguía hablando.

Fue un momento interminable para ella. El sueño la abombaba. Comprendió que debía escapar antes de quedarse dormida. Se animó a decir:

—No me siento muy bien, algo que comí, ¿me permite retirarme, Monseñor?

Sin que ella pudiese ensayar una evasiva, el Rey se apoderó de su muñeca, miró hacia arriba unos segundos y anunció:

—Su pulso está bien, no tiene fiebre. –Pero no soltó la muñeca de Beatriz.

Ella comprendió que después de ese acto cualquier otro podía suceder, de modo que evitando ser brusca, pretendió sustraer la muñeca de los dedos que la aprisionaban, mientras pedía:

—Disculpe, Monseñor, pero creo que estoy descompuesta, me debo retirar.

La voz del Rey la detuvo:

—Beatriz…

Ella advirtió con asombro que en su rostro no había

amenaza, ni siquiera energía, sólo un gesto que parecía desolado.

—No se vaya. –Era un pedido, no una orden.

Beatriz dudó un instante, pero cuando el Rey dijo con una voz pequeña, casi temblorosa, "Déjeme hacerle masajes en el estómago, la van a curar", Beatriz gritó "No" con terror, aunque en seguida, para atenuar el efecto de ese grito, agregó: "Tomo una pastilla y se me pasa".

Aquel era el comienzo, un anticipo del acoso que Gastón anunciaba. Y sucedía en ese sitio remoto del que no podría alejarse y donde nadie la defendería.

El Rey sintió un temblor de paloma en el brazo que aferraba y vio lágrimas en el rostro de la muchacha. Y fue tal vez por eso que, con una voz ronca y confusa que Beatriz no le había escuchado, como la voz de un hombre débil, describió el sentimiento que le enfermaba el alma y por momentos lo hacía taciturno, distraído en el poker de las noches y en las fiestas que sus secretarios preparaban para él, dijo que su vida era distinta desde que la había conocido, que no tenía paz ni alegrías, que le daría lo que ella pretendiera, su fortuna, su reino, que necesitaba volver a respirar sin penas, sin opresión en el pecho, le pidió que lo amara.

La bondad natural de la muchacha agregó, a su miedo y disgusto, compasión por ese hombre que parecía desesperado.

Pero fue apenas un momento. El Rey, tras un instante de silencio en el que pareció recuperarse, enderezó la espalda para ganar tamaño, achicó los ojos y afirmó con un tono suficiente de poder:

—Recuerde, Beatriz, el deber de los ciudadanos es

contribuir a la dicha del Rey, hacerlo infeliz es perjudicar a la Nación.

Después, enigmático, señaló hacia un punto distante, el comienzo del bosque donde un grupo de garzas descansaba al sol, en reposo las alas de plumas espesas, y sin que Beatriz comprendiera la razón de sus palabras, dijo:

—Se parecen a usted, tan finas, no dan bola a nadie. Ya las va a ver volar.

La tarjeta de invitación decía "Caza de altanería" y mencionaba un lugar y una hora.

No convenía que Beatriz la rechazara ni aún invocando una excusa, había dicho el secretario privado del Rey.

En el Patio de las Estatuas, donde los cortesanos se hallaban reunidos, nadie sabía lo que iba a suceder. Hubo expectativa y conjeturas: carreras de enanos, supusieron algunos, un apareamiento de elefantes, dijeron otros, sin reparar en la ausencia de enanos, y elefantes en aquella región separada del mundo.

El Rey apareció en el parque contiguo al Patio; llevaba en alto una mano enguantada y sobre ella un bulto importante. Al acercarse, los cortesanos notaron que el bulto era un ave enorme, color pardo, patas amarillas, pecho leonado y la cabeza cubierta por un capuchón de cuero.

Cuando sus ojos se encontraron con los de Beatriz, el Rey agitó la mano que sostenía el ave, sonrió –no una sonrisa amable, más bien de anuncio o de advertencia– y regresó al parque.

El Rey hizo una seña y en seguida se oyeron vehementes ladridos que se aproximaban. Una jauría de perros –los perros que Beatriz había visto con espanto en los caniles cuando los mayordomos azotaban sus hocicos para hacerlos violentos y furiosos– corría hacia el confín del bosque, el rincón donde las garzas disfrutaban su ocio.

Beatriz y otra mujer gritaron con alarma para avisar a las garzas la muerte que se aproximaba, pero ellas, antes de ese grito, ya habían extendido sus grandes alas tenues y en instantes se alzaron sobre las dentelladas y los saltos de los perros.

Algunas se alejaron volando sobre el bosque, otras planearon sobre el río, pero una de ellas sólo buscó altura y en seguida fue un adorno rosa trazando círculos sobre la gente; las alas abiertas parecían el vestido inocente de una novia, tan vaporosas sus plumas.

Sucedió entonces lo que no todos comprendieron de inmediato. Un peón se acercó al ave posada sobre una mano del Rey y le quitó el capuchón. Quedaron a la vista el pico de un halcón peregrino, curvo y fuerte como sus garras, y ojitos que relampaguearon mirando con rencor al cielo. Abrió las alas, un metro de envergadura, y salió disparado en vuelo vertical, más alto que la garza que parecía flotar con placidez en el aire amistoso. El halcón voló sobre ella trazando círculos más amplios y, de repente, se lanzó con el pico hacia abajo. De inmediato la garza despertó de su molicie y esquivó el ataque. Pero el halcón volvió a subir y nuevamente se lanzó en caída. Esta vez su pico se clavó en la espalda de la garza y las garras en las alas rosas, y así, aferrándola, mordiéndola furioso, la llevó a tierra donde acabó de destrozarla.

Hubo un momento de silencio entre los espectadores. Un peón se acercó a recoger al halcón que ya había acabado su tarea y parecía satisfecho, le limpió con un trapo los hilos de sangre que ensuciaban su cara y nuevamente cubrió su cabeza con el capuchón de cuero. Después lo dejó sobre la mano enguantada del Rey.

El Rey se volvió, sonrió hacia el Patio, buscó con la vista a Beatriz y alzó la mano que sostenía al halcón como quien levanta el brazo de un boxeador que ha triunfado. Con dudas al comienzo y en seguida rotundos, los cortesanos aplaudieron.

En un rincón, Beatriz, asqueada, vomitó.

Rafael Romero no era un hombre de pelea; tampoco era un cobarde.

Una noche no pudo ignorar los agravios de algunos parroquianos habituados a las brusquedades del suburbio; hombres bastos que no aceptaban su reserva y sus modos urbanos. Uno de ellos había exigido, cuando él cargaba ginebra en su vaso:

—A ver si llena la copa, carajo. –Y aunque él siguió llenándola hasta alcanzar el borde, el otro protestó–: Ni que el boliche fuera suyo, pedazo de pijotero.

Otro parroquiano exclamó con fastidio:

—Hay que joderse con estos chupamedias del patrón.

Había sufrido ofensas parecidas. Lo contenían las privaciones que afrontaba la familia y las dificultades aún más graves que padecerían si dejaba ese trabajo en el bar. Pero esa noche no toleró el agravio.

—Chupamedias será tu abuela –contestó.

El otro lo miró sorprendido, pero inmediatamente, habituado a la pendencia, exclamó:

—Así que sos guapo. –Y le tiró un sopapo a través del mostrador.

Rafael lo esquivó –nunca supo cómo– y lanzó un golpe empuñando una botella que felizmente no dio en la cabeza del otro, pero bastó para desatar las ganas de pelear que todos tenían en el boliche.

No quedaron copas ni espejos sanos, todo fue añicos, y entre la gente que en el tumulto se fue sin pagar también debió irse Rafael, acusado por el patrón de "haber armado todo ese quilombo". "Te vas ahora y no vuelvas más o te rompo la cara", anunció con bastante claridad.

Una mujer distinta al resto, de ropa y modales sencillos, se acercó a Beatriz cuando dejaba el Patio con el paso inseguro de quien de pronto desconoce el aire que respira, en la cara la muerte de la garza y la crueldad provocada del halcón.

La mujer tocó su brazo y dijo:

—Son repugnantes.

Beatriz no supo si aludía al halcón y los perros o al Rey y sus amigos.

—Me llamo Camila, me siento igual que vos –siguió diciendo la mujer.

— Es espantoso –exclamó Beatriz.

Se sentaron en un banco apartado e iniciaron con prudencia la conversación, pero en seguida supieron que se parecían, que no había motivos para el temor o la reserva y, sin ahorrar palabras, abrieron sus corazones: la indignidad que imperaba en la corte, el asco que ambas sentían.

Beatriz padeció un instante de confusión cuando Camila dijo que su marido era el Secretario de Moral Pública del reino; pero no había satisfacción en esa confidencia, sólo resignación y disgusto. Y habló con franqueza de la vergüenza que ella y sus hijos sentían en la mansión que ahora habitaban, la inevitable mirada de la gente, la distancia elocuente de antiguos amigos y hasta su desprecio, por más que algunos adulones acudieran a sus cenas de rico simulando respeto, como si no hubiera pecado en su fortuna. Confesó que sostenía el matrimonio por el bien de los hijos, aunque admitió que tal vez se equivocaba; ya no estaba segura de nada.

Beatriz refirió las actitudes del Rey, habló de su acoso, las prevenciones y la amargura de Gastón. La otra mujer confirmó su recelo:

—Sí, m´hijita, me di cuenta. –Y agregó, dispuesta a prevenir–: No sé hasta dónde puede llegar ese hombre, le consienten todo. Y no es el único problema, me parece que varias mujeres, las he observado, se irritan cuando él tiene atenciones con vos, seguramente piensan que sos interesada como ellas y en el reparto te vas a llevar una tajada mayor que sus maridos. –Después se animó a aconsejar–: Creo que deberías irte sin demora, volver a la ciudad.

—Sí, ¿pero cómo? –preguntó Beatriz angustiada.

—No sé, debe haber algún modo.

Sólo el barco del Rey llevaba y traía visitantes al Palacio de Verano. Ambas lo sabían.

Ante la consternación de Beatriz, su mirada indefensa, la mujer puso una mano de aliento sobre su mano y dijo:

—No te aflijas, voy a ayudarte en lo que necesites, y faltan apenas tres días para volver.

Hubo un silencio preocupado, un momento sensible en el que Beatriz pareció terminar con una duda y decidirse:

—Voy a renunciar al empleo –murmuró. Y como si pensara en voz alta o hablara para ella, quizá para animarse, afirmó–: Hasta que consiga otro trabajo vamos a vivir con el sueldo de papá, va a alcanzar, estoy segura.

No sólo en los caminos, también en el interior de las ciudades crecían los grupos de amargura. La que orgullosamente había sido la segunda ciudad de la República era, en los últimos años, otra pena del reino.

Rodeada de talleres, de pequeñas industrias, de artesanos, la ciudad había sido nerviosa y activa y sencillamente culta: la gente agregaba a sus oficios los deleites del alma, el cosmos de los libros, la música, las charlas sin prisa en bares mitológicos.

De esa ciudad eran los músicos que andaban por ahí como flautistas mágicos llevándose a la gente que cantaba sus canciones y los poetas que decían sus versos en las plazas, una ciudad sobre el río que llega, no a la orilla de enfrente, la otra orilla de los ríos, sino a una maraña de islas y riachos que, antes del reino, la gente de la ciudad recorría en sus barcos de vela y en sus lanchas gozando la desmesura de la vegetación, lanchas y veleros que debían detenerse cuando, a nado, cruzaba su proa un chancho, una vaca, un caballo que, por necesidades o antojo iban, con esa seriedad que los abisma, de una isla a otra isla, como si quisieran abarcar entero el territorio hermoso y libre.

En esa ciudad nació Gastón. Su padre había convertido el antiguo taller familiar en una fábrica de juguetes conocida en la ciudad. Gastón creció en un hogar sin privaciones.

Ni feo ni buen mozo, alto, sano, leal, atraía con sus modos distintos, su ingenio natural, nunca esforzado, la frase inesperada y su alegría.

Los domingos Gastón iba a las islas; la lancha de sus padres se llenaba entonces de gente joven. Hacían sus asados a la sombra de los árboles. Después de nadar en los riachos, echados en la arena hablaban de planes y utopías, los varones intentaban burlas y retruques para lucirse ante las chicas y todos referían anécdotas y chismes hasta que el sol y el cansancio los llevaba a un sopor, más que de sueños, de perezosos y gratos pensamientos. Más tarde, recuperados, mateaban en ronda hasta el crepúsculo.

Cuando los padres de Gastón no iban con ellos, los jóvenes llegaban a los últimos riachos, buscaban islas solitarias, y las parejas, entonces, hacían el amor entre las plantas, ante los ojos impávidos de algún ternero o de un caballo que pastaba cerca.

De un modo u otro, los domingos eran días de júbilo.

La universidad resultó una sorpresa para él. Enemigo de los libros en sus años de escuela, descubrió en la arquitectura un goce, no un esfuerzo. Y cursó los primeros años con proyectos y entusiasmo. Hasta que a la ciudad le alcanzaron las desgracias del reino.

La ciudad de calles rumorosas, de ajetreos de trabajo, de sábados de baile, de dorados y bogas asándose en innúmeras parrillas, esa ciudad dichosa terminó y en su lugar hubo otra, apagada y distinta, con aires de mal augurio.

Los negocios del Rey y sus amigos y la marea de cosas que entró a aquel país cuando se abrieron las fronteras, voltearon como naipes los talleres, las fábricas caseras, los oficios de la ciudad que había vivido satisfecha.

Cesó el traqueteo de máquinas que nunca descansaban. Los vecinos que antes protestaban por el ruido no podían ahora dormir por el silencio. Fue raro ver quietas las veredas, vacíos los almacenes, oscuras las tiendas habituales. El aire parecía desmayado.

De noche, las calles se llenaron de carritos; hombres mugrientos, con sus mujeres y sus hijos, revolvían los tachos de basura buscando cartones, botellas, trozos de metal para vender quién sabe dónde; cuando encontraban un resto de comida, los padres lo cedían a sus hijos.

En los barrios más pobres, el gato reemplazó a la ternera en los asados; libres de enemigos, las ratas abundaron con sus peligros e inmundicias. Pero luego las ratas reemplazaron a los menguantes gatos sobre las parrillas y el equilibrio se restableció.

Y en aquel marasmo se perdió también la fábrica del padre de Gastón.

—La culpa la tienen los chinos –protestó con amargura un compañero de mesa de café que cerraba para siempre su carpintería donde cada silla y cada armario habían sido por años objetos preciosos, tratados con el amor que ha de ponerse en los oficios. Un taller que moría bajo oleadas de plástico que venían de Oriente, de precios irrisorios porque eran hechas por esclavos, decían en el café.

—Los chinos y estos guachos que dejan entrar toda la merda que viene de afuera sin pagar un centavo –dijo otro, que contemplaba la agonía de su pequeña fábrica con la pena de quien ve morir a alguien querido.

No había vacantes ni trabajos ofrecidos en la ciudad inmóvil. De modo que, cuando un amigo le propuso un empleo en un banco de la ciudad capital, Gastón no dudó. El y sus padres necesitaban ese sueldo.

Quienes dejan la casa, la familia, los amigos, las momentáneas novias, los hábitos de siempre, padecen tristes sentimientos, el arduo desarraigo; sorprende no ver los rostros de todos los días, el silencio del teléfono, el trato reticente de los nuevos conocidos, faltan los rincones.

Gastón conoció esas nostalgias, pero también la excitación del desafío: sobrevivir y, quizá, triunfar en la ciudad ciclópea. Un designio incierto, inquietante, atractivo.

Y su vida cambió la mañana que conoció a Beatriz.

Vio entrar al banco a una mujer como nunca había visto, bellísima, piernas interminables, brazos color madera –era verano– y casi tan alta como él; una mujer joven, de su edad, que en la monotonía del banco establecía, pensó Gastón, como un aire de alivio. Miraba con los ojos enteros, muy abiertos, parecía sonreír aún cuando no sonreía y caminaba con pasos leves que comunicaban su delicadeza.

Corrió al escritorio hacia el que Beatriz se dirigía y le pidió a una empleada que le dejara su lugar. "Es mi prima", explicó en voz baja.

Recordaron siempre aquel encuentro:

—Quiero abrir una caja de ahorro –había dicho ella.

—Sí, claro… –murmuró Gastón, hurgueteando papeles en cajones que no conocía. Para ocultar su turbación, hizo una pregunta estúpida–: ¿Tiene mucho para ahorrar?

Inmediatamente comprendió su desatino. Pero el cielo volvió a abrirse cuando ella contestó con una explicación sencilla:

—Mucho no, un poquito, pero estoy por conseguir un empleo y quiero ahorrar el sueldo.

El diminutivo, "un poquito", lo enterneció.

Decidió arriesgarse, usar su mejor recurso: la miró en silencio, frontal a los ojos, y sonrió como sonríe quien descubre algo dichoso. Mostró la sonrisa fácil, de toda la cara, que siempre le daba resultado.

Pero no pareció que ese juego de sonrisa y mirada conmoviera a Beatriz que, un poco preocupada, preguntó (Gastón la habría abrazado por el candor de su pregunta):

—¿Hay que tener mucho dinero para abrir una caja de ahorro?

Después, con los días, cuando ya habían pasado los amagues de conquista, las fintas iniciales, las estratégicas frases imprecisas que buscan provocar incertidumbre sin mostrar aún el territorio conquistado y ocasionan en el otro sudor frío en las manos, puntadas en el pecho, malos sueños y el desasosiego de las vísperas, cuando ya ambos sabían, y decían con alivio, que se querían para siempre, Beatriz confesó que aquel día en el banco resolvió no dejarlo escapar, que el desconocido que se hallaba ante ella, cuyo nombre ignoraba, que la miraba y sonreía con encanto, era, definitivamente, su hombre para toda la vida.

    Beatriz pasó encerrada en su cuarto del Palacio de Verano los días de cien horas que faltaban para volver a la ciudad. Jacinto le traía las comidas y para ella era grata la presencia de ese hombre tan simple; su conversación inocente la refrescaba; hablaba de la vida allá en su pueblo donde los hombres se saludaban en las calles aún sin conocerse, la impresión que le causaban, decía, personas tan educadas que rodeaban al Rey y, ya en confianza, reveló su drama: le habló de sus ronquidos que lo condenaban a dormir en los rincones más inhóspitos, ya que era expulsado de los cuartos de la servidumbre.

    —Ahora estoy durmiendo debajo de un techito, con un ternero –dijo.

    Le contó también, con palabras decorosas, el drama de Nicanor y las vergüenzas a las que lo sometía su vientre.

    —Pobrecitos –contestó Beatriz–, pero nada de eso es grave, no se aflijan.

    Beatriz salía a caminar cuando Jacinto le avisaba que los otros no estaban cerca.

    Un escándalo entretuvo a la corte con chismes y protestas. Un cortesano gordito, de piel rosa subido y manos color talco, miraba de un modo curioso: fugazmente a las mujeres, como si le fastidiara poner los ojos en ellas, e intensamente a los hombres que, incómodos, tras soportar un momento esa mirada, murmuraban una excusa y se alejaban. "Gordo maricón", exclamaban algunos con fastidio.

El escándalo se produjo una noche en la habitación de un Secretario que dormía como si hubiese muerto, ya que no hallaba razonable tomar menos de dos litros de vino en la cena. Era su hábito y esto lo mantenía sano, afirmaba.

El Secretario contó que soñaba con algo pegajoso que se adhería a su cuerpo, y tan intensa fue esa sensación que despertó asustado. El cortesano gordito estaba desnudo, acostado junto a él, acariciándole el vientre con una mano y lamiéndole las partes. La sorpresa o, más bien, el asco lo inmovilizó. El cortesano, entonces, imaginó su aprobación, alzó la cabeza, lo miró a los ojos, exclamó "Mi amor" con voz de calentura y trató de besarlo.

El Secretario consiguió apartarse y, como pudo, golpeó al cortesano que, por ello, dejó clavado un diente en el respaldo de la cama.

Los gritos furiosos del Secretario atrajeron a los vecinos que entraron sin llamar. El cortesano se hallaba desnudo, se tocaba la boca que sangraba, lloraba y repetía "Ay mamita, ay mamita", mientras de pie, el Secretario, con los ojos todavía un poco turbios del vino de la noche, pegándole con un trapo en las nalgas, gritaba "Gordo puto", "andá a chuparla al puerto" y otras frases igualmente inamistosas.

A Beatriz le extrañó que no echaran al cortesano del Palacio. Lo vio, días después de aquella noche, sentado solo en el parque, abanicándose con una pluma de garza. Nicanor le explicó entonces que el Rey le debía favores, arreglos con la policía y otros trabajos sucios.

Beatriz supuso que el escándalo, que atraía el interés de todos en Palacio, le permitiría vivir en paz, olvidada del Rey, hasta su regreso a la ciudad.

La última noche recibió una esquela que anunciaba la cena y el baile de despedida.En ella, alguien había agregado con un bolígrafo "asistencia obligatoria".

Fue a ver a Camila, la mujer con la que días antes había hablado, le pidió que al llegar al comedor la disculpara, que inventara una excusa. Pero Camila fue sincera:

—No te conviene que te vinculen conmigo, me odian porque saben lo que pienso de ellos. Podría ser peor para vos.

Así que Jacinto llevó una nota al secretario privado del Rey, en la que Beatriz describía un súbito y terrible dolor de cabeza.

Un momento después, hubo golpes en la puerta de su cuarto.

El secretario del Rey entró sosteniendo en alto una caja de aspirinas. Dijo:

—Se toma dos y el dolor de cabeza se le pasa. Es una orden de Monseñor.

Beatriz no se atrevió a responder.

Había, esa noche, una luna de escándalo, la luna de amantes que extrañan lo que no existió pero imaginan, una luna en sombras para el Rey, de amor desesperado.

El comienzo fue teatral, como eran las cenas y las fiestas en el Palacio de Verano. Cuando los comensales ya ocupaban su lugar sentados a la mesa, la orquesta comenzó a ejecutar la Marcha Triunfal de *Aída*, se abrió la gran puerta del fondo y entró la pareja real caminando hacia la cabecera entre aplausos y aclamaciones.

El Rey, que esa noche parecía más bajo, "un muñequito a cuerda" –pensó Beatriz–, sonreía satisfecho e intentaba adecuar sus pasos al ritmo de la Marcha. Petrona, en cambio, caminaba con su gesto desabrido de siempre, los ojos apagados, como si todo eso la aburriera.

El comedor era un torneo de brillos y boato.

Junto a las sedas y los oros de las otras, contrastaba la sobriedad de Beatriz, su vestido sencillo, el rostro sin pintura, las manos sin alhajas, y entre las carcajadas y la euforia que crecían con el correr del vino, se destacaba su silencio, sólo interrumpido cuando debía responder a una pregunta.

Observándola, una mujer comentó a su vecina de mesa:

—Mirá la turra, se vistió así para hacernos quedar mal, un poco más y se viene en camisón.

—Ya le vamos a ver las joyas cuando le pegue el saquetón al Jefe –contestó la otra con irritación.

Petrona, en cambio, no reparaba en Beatriz ni en ninguna de aquellas mujeres. Sólo interesada en la comida, dejaba con pereza su mirada bovina sobre los comensales.

Cuando empezó la música, sucedió lo que Beatriz había temido: el Rey dijo algo a su oído y debió bailar con él un momento muy largo, interminable para ella.

El espectáculo era absurdo. El Rey alzaba su bracito para rodear la cintura y no agarrar el traste de Beatriz, y su enorme cabeza llegaba al pecho de ella. Sin embargo, las frases de las mujeres que observaban tenían otro carácter:

—Se lo está levantando.

—Y la boba de Petrona no hace nada.

—Ya va a reaccionar cuando él le pida el divorcio para casarse con esta atorranta.

—Ambiciosa hija de puta.

Cada tanto, el Rey, con un pañuelo, se secaba el cuello y la mano de sostener la mano de Beatriz excusándose: "Perdone, pero sudo bastante", lo que provocaba en ella la esperanza de que el baile terminara. Pero el Rey parecía infatigable.

La situación se complicó cuando la orquesta ejecutó un bolero, un ritmo confidencial de mediados de siglo. Un secretario había dado la orden con un gesto que nadie en la sala había advertido.

El Rey, entonces, asumió una actitud romántica, murmuró frases tiernas que, gracias a las distintas alturas, Beatriz pudo no oír o fingir, al menos, que no oía, apretó con más fuerza la mano de ella y, finalmente, cerró los ojos y apoyó su cabeza en el pecho de Beatriz.

El impreciso temor hizo que, por un momento, ella tolerara ese contacto repugnante. Pero luego su fastidio fue más fuerte. Se separó, dejó de bailar y, mirando hacia abajo, a la cara que abría los ojos como si saliera de una ensoñación, dijo:

—Perdone, Monseñor, pero así yo no puedo bailar. Además, estoy muy cansada y me ha vuelto el dolor de cabeza, así que me voy a retirar.

El Rey contestó con una orden:

—Seguimos bailando.

Pero ella, con energía que él no esperaba, afirmó:

—Y me duele un pie.

Cuando logró desprenderse de las manos que todavía la aferraban, se vio el lamparón oscuro, con forma de pera o de cabeza, que el sudor del Rey había estampado en la pechera de su vestido blanco.

La voz distinta del Rey, más helada que furiosa, advirtió entonces:

—No se equivoque, mi paciencia tiene un límite. Usted actúa como si quisiera complicarse la vida. Piense en la garza, Beatriz.

La marea oscura que en el viaje de ida habían divisado desde el barco, se detuvo ante un pueblo costero y cerró su camino de acceso.

No eran puntos negros, como a algunos cortesanos les había parecido, eran cuerpos oscuros de polvo y suciedad, de interminables caminatas y amargura. Ya no tenían fuerzas para gritar, habían cruzado parte del país y sólo pretendían hallar un modo de vivir.

Alzaban cartelones pidiendo trabajo y comida, "No nos bamos hasta conseguir laburo", "Tenemos ambre" y otras proclamas ciertas y sencillas.

Habían cerrado la ruta con carpas raquíticas, hogueras de troncos y pedazos de goma, habían hecho pozos que servían de baños envueltos en ramas de pudor, y pasaban las horas esperando que un milagro de Dios o el destino les cambiara la suerte.

Quienes debían salir del pueblo en sus vehículos no enfrentaron a esos harapientos que los encerraban, ni expresaron, siquiera, hostilidad. Al contrario, parecían compungidos al contemplar sus caras vacías, sus gestos de final.

Siempre hay un espacio para la piedad en el talante de los hombres y, más aún, en el corazón de las mujeres; sin ese recinto de amor abierto para todos, ya la especie habría acabado en tantas penas y conflictos. Varias personas de aquel pueblo se acercaron a esos pobres con paquetes de alimentos y jarras de bebida y escucharon con lástima sus brevísimas historias, la nostalgia de sus pueblos moribundos, el taller de uno, el almacén de otro, las chacras, los oficios, todo perdido, hecho polvo y cenizas, nada más que recuerdos y rabia.

En el viaje de regreso, desde la nave real los cortesanos avistaron las carpas de esa gente y los chispazos de hogueras en las que calentaban las ollas comunes.

Las conjeturas fueron varias:

— Debe ser un campamento.

—Los boy scouts están en todas partes.

—O una fiesta de campo, que son tan alegres –propuso una mujer–. Bueno, eso dicen, yo nunca estuve en una –aclaró para evitar que le imputaran un origen rústico.

—Se oiría la música –refutó otra mujer que siempre estaba en pica con la que había hablado–. La guitarra no sé, pero el acordeón se oye de lejos.

—No quiero pensar lo que deben estar comiendo

y chupando esos hijos de puta —exclamó con simpatía un Secretario, como si envidiara a esa gente que suponía de fiesta—. Los chorizos de campo que se estarán mandando.

—Qué lindo, un pic-nic.

Beatriz llegó a su casa de noche; sus padres dormían. Respiró profundo, como si quisiera librarse de angustias recientes.

En su dormitorio, en el aroma habitual de la cama dispuesta, las sábanas que olían a lavanda, la seda de su robe contra el respaldo, sintió la alegría de quien vuelve al refugio, al íntimo recinto que nadie más puede alcanzar.

Disfrutó concibiendo las frases que incluiría en su renuncia al empleo y el alivio de no volver a esa oficina de disgustos.

Telefoneó, pero Gastón no estaba en casa. Le dejó un mensaje: lo llamaría al despertarse, quería que supiera que todo estaba bien, la semana había sido tranquila, lo había extrañado mucho y tenía una noticia para él, "te vas a poner contento", anunció.

La despertó el perfume de café que venía de la cocina. Le sorprendió que su padre, que dormía las mañanas enteras para recuperar el sueño de la noche perdida en el bar, se hallara tan temprano sentado junto a su madre en la mesa de desayuno.

Contó ligero su viaje, el lujo del Palacio de Verano, la ostentación de los cortesanos, las tonterías del Rey y su presunto amor por ella. Sus padres escuchaban con el interés cariñoso de siempre. Pero luego, cuando dijo que Gastón tenía razón, que su trabajo junto al Rey era una bomba de tiempo que podía causarle un disgusto muy serio y anunció que se sentía feliz y aliviada porque ese mismo día presentaría la renuncia, sus padres palidecieron. Hubo gestos turbados y un silencio de preocupación.

—¿Qué pasa? –preguntó Beatriz. Luego afirmó–: No voy a gastar en nada hasta que consiga otro empleo, el sueldo de papá nos va a alcanzar, ya van a ver.

—Vas a tener que esperar unos días, querida –dijo su padre en voz baja–. Tuve que irme del bar, estoy sin trabajo –agregó como si confesara más una deshonra que una pena.

—¿Cuál es la noticia? –preguntó Gastón con entusiasmo cuando se encontraron.

—Nada, una pavada –dijo Beatriz.

—Pero me dijiste que me iba a poner contento.

Inventó:

—Creí que estaba embarazada y pensé que te alegraría que tuviéramos un hijo.

Los ojos de Gastón se abrieron con asombro. Beatriz continuó:

—Pero no, estaba equivocada, había hecho mal el cálculo, hoy me di cuenta. –Y lo abrazó porque necesitaba estar contra su pecho.

Gastón dijo con desilusión:

—Pensé que habías decidido renunciar al empleo.

Beatriz no contestó. Después habló de la semana en el Palacio de Verano. "Parece que el Rey la entendió", anunció con una voz que quiso ser tranquila, "no me molestó con sus pavadas y sólo habló conmigo cuando quería dictarme algo, el autobombo que se hace, vos sabés".

Sin embargo, a pesar de esas frases que debían aliviarlo, había un fondo de sombra en Beatriz. La observó preocupado. Pero después sólo dijo cuánto la había extrañado y ambos juraron no volver a separarse. "Ni aunque vengan degollando", afirmó Gastón.

Las noticias empezaban a ser graves: rutas tomadas y pueblos cercados por multitudes que pedían trabajo y comida, forcejeos con la policía, corridas, gritos, enojos. Y en algunos sitios empezaron los actos de violencia.

Los desocupados habían cortado un puente por el que salía en camiones buena parte de los frutos del reino. Durante algunos días, los camioneros jugaron a los naipes, matearon y durmieron en los camiones detenidos en la ruta, esperando de Dios o del Rey o de aquellos desesperados alguna solución. Pero los días pasaban y todo seguía igual y los granos se pudrían en los grandes acoplados y el olor a orín y bosta que despedían las jaulas de ganado corrompía el aire y obligaba a escupir y toser para sacar la suciedad de los pulmones.

Los camioneros son hombres silenciosos y mansos, hechos a la soledad de los caminos. Pero también, por esa soledad son duros y capaces de una decisión sin miramientos si se excita su enojo, como son capaces de derribar un bosque los queridos y tiernos elefantes si las fieras los provocan.

Los camioneros enviaron un aviso a los manifestantes: debían despejar la ruta. Después hicieron sonar sus bocinas a modo de advertencia, encendieron los motores y avanzaron.

Aplastaron las precarias carpas y las ollas alzadas a lo largo del camino y, al llegar al puente, donde la multitud se había agrupado y ofrecía sus pechos con gestos de imprudencia, los camiones no se detuvieron.

Hubo contusos y heridos. Algunos, para evitar ser embestidos, saltaron las barandas. No hubo muertos, al menos en las noticias de la prensa. Pero ése era el comienzo. En otro enfrentamiento, inevitablemente, habría un disparo y empezaría la catástrofe.

El Rey ordenó a los gendarmes controlar los caminos hostiles y aparecieron, entonces, uniformes oscuros, grupos que metían miedo, caras cerriles, armas de matar, no de amenaza, y ojos de estar dispuestos a todo.

Pero los desesperados siguieron protestando, porque la vida, decían, ya no era vida y los riesgos no importaban.

Después de la semana en el Palacio de Verano, el primer día en la Casa Verde fue apacible: la tarea de Beatriz era sólo estar allí, esperando la llamada del Rey.

Al otro día, quien la llamó fue el Secretario Principal. Beatriz nunca había estado con él. Sabía, por comentarios, que era un hombre astuto, de finura fingida, que invariablemente pretendía seducir a sus interlocutores.

Comprobó que la descripción era acertada cuando entró a su enorme y pomposo despacho.

Había en el aire un aroma levemente dulce, de polvo de perfume, y en las mesas y estantes, entre fotos en las que el Secretario aparecía con el Rey o sugiriendo intimidad junto a actrices de moda, había piedras pintadas en curiosos y falsos colores, destinadas quizás a recordar su pasado, cuando buscaba en las nubes y en las piedras un anuncio de la suerte.

Se puso de pie con movimientos estudiados, recogió la mano de Beatriz para besarla como había visto hacer en Europa, pero sin conocer la sutileza del saludo, la levísima distancia necesaria entre los labios y la piel de la mujer, aplicó un beso ruidoso y fuerte que dejó en el dorso de la mano una aureola de saliva.

La hizo sentar y, de pie ante ella, tras elogiar sus méritos, su aspecto distinguido, digno de la corte, dijo, habló del Rey y sus nobles sentimientos. Luego afirmó:

—Usted sabe que hacer feliz al Rey es ayudar a la felicidad de todo el pueblo, es casi un deber cívico.

Beatriz no contestó. Un leve asentimiento podía significar vaya a saber qué compromiso. El continuó:

—Y usted también sabe, señorita, que el Rey se ha enamorado de usted y por ese amor sufre mucho, de manera que ha tomado una decisión definitiva, prepárese a oír la noticia más importante de su vida. –Hizo una pausa, la miró sonriendo y anunció–: El Rey va a separarse de su esposa para casarse con usted.

La mandíbula inferior de Beatriz cayó y su boca se abrió de un modo inhabitual.

El Secretario la observó y dijo con simpatía:

—Sabía que la noticia la iba a conmover. Comprendo lo que le ocurre, es el cuento de la Cenicienta que se hace realidad, va a ser reina, va a tocar el cielo con las manos. —Como Beatriz seguía callada, con la boca abierta, el Secretario continuó—: Es una decisión firme del Rey, en los próximos días se harán los anuncios.

Ante el persistente silencio de Beatriz, el Secretario describió:

—Imagínese lo que va a ser su vida en el Palacio, y los viajes por el mundo. Monseñor me permite acompañarlo, así que sé lo que le digo, son viajes de las Mil y Una Noches, va a alojarse en los hoteles más fastuosos, prepárese a gozar. —Se calló un momento, esperando que ella hablase o al menos cerrase la boca, pero como nada de eso ocurría, siguió explicando—:

—Usted sólo tiene que elegir su ajuar y los muebles y adornos que prefiera para el dormitorio.

Beatriz, por fin, cerró la boca, pero miraba al Secretario con asombro. El, entonces, escogió palabras que podían ser útiles:

—El Rey ha pensado en su familia, señorita. Sabemos que su padre está desocupado, una verdadera desgracia, pero un hombre como él, inteligente, honesto, no es para lugares como el bar de mala muerte donde trabajaba, de manera que Monseñor ha decidido nombrarlo asesor o encomendarle otras tareas que su padre prefiera, después de la boda.

Beatriz desvió la mirada como si por un instante se abismara. Después hubo algo distinto en sus ojos, un brillo, una humedad. Por fin habló:

—No puedo. —Luego, aunque era innecesario y también tonto decirlo, agregó—: Tengo novio, lo quiero mucho.

El Secretario rió de un modo afectado, una risa destinada a quitar importancia a las palabras de ella.

—Pero señorita, qué tiene que ver una cosa con la otra, todas las mujeres han tenido otros novios antes de casarse, a Monseñor eso no le molesta, él también ha sido bastante pícaro antes de casarse con la señora Petrona.

—Usted no entiende –trató de argumentar Beatriz, pero el Secretario continuó:

—Y Monseñor, en su generosidad, también ha pensado en su novio, para que no sufra por la ruptura. Lo va a designar cónsul en el país que él elija. Va a poder dejar ese empleo en el banco que tanto le fastidia.

Como Beatriz lo miró con sorpresa, aclaró sonriendo:

—Bueno, aquí sabemos todo...

Beatriz juntó fuerzas y volvió a decir:

—No puedo. –Se calló un momento y después repitió con más fuerza–: No puedo, no puedo y no quiero.

El gesto del Secretario cambió, se hizo más duro, perdió amistad.

—Señorita, piense en todo lo que le he anunciado. Además, si usted lo ofendiera al Rey rechazando su ofrecimiento, no podría seguir trabajando para el Gobierno. Y conocemos, perdone que lo diga, la difícil situación económica de su casa.

—Buscaré otro trabajo.

—No es sencillo en esta época, usted sabe.

Con menos fuerza, sólo un eco de anteriores frases, Beatriz murmuró:

— No quiero, Dios mío...

—Y piense también en su novio, tal vez no pueda seguir trabajando en el banco, conocemos al gerente, tiene motivos para despedirlo, algunas faltas cometidas por Gastón que hasta ahora le han dejado pasar.

—Eso es mentira, los jefes le han dicho a Gastón que es uno de los mejores empleados del banco.

—Señorita, eso pueden haberle dicho a él, a nosotros nos dicen otra cosa.

Hubo un silencio difícil. Beatriz, demudada, no miraba a ese hombre que en un tono afectado, casi gentil, formulaba anuncios miserables. Se mordió un labio, restregó sus manos e hizo esfuerzos para no llorar.

El Secretario la observó, luego dijo:

—Bueno, señorita, eso es todo, entiendo que esto la toma por sorpresa. Vaya, tranquilícese, y mañana viene y me dice cuántos días o semanas necesita para prepararse para la boda.

Beatriz debía calmarse, pensar, hallarle una salida al abismo que ese hombre sin alma le anunciaba. Telefoneó a la oficina, se declaró en cama, con calambres y fiebre.

"Dio parte de enferma", informó una empleada cuando el Secretario Principal preguntó por ella.

—¿Sí? Mándele un médico. Que la revise y me informe.

Su padre se levantaba cada día a las cinco y se sumaba a las filas cada vez más extensas que se formaban ante la puerta de un negocio o una oficina que ofrecía un empleo. Llegaba antes que los otros, pero invariablemente hallaba un gesto de impaciencia o apuro en el hombre o la mujer que lo atendía, de oírlo sólo porque él estaba ahí, antes que los jóvenes, pero sin dejar esperanzas en las breves palabras que le dirigían.

Su madre pasaba las horas del día en la cocina preparando tortas y delicadezas que, con escasa suerte, ofrecía en restaurantes y confiterías de su barrio. En tiempos difíciles se gasta en necesidades, los gustos quedan para más adelante. Las delicias que Cecilia Romero preparaba debían esperar a que cambiara la suerte de la gente del barrio.

El sueldo de Beatriz les era indispensable.

Pero no podía arrojarse al infierno. Sólo pensar en un roce de manos con el Rey le repugnaba e imaginarse sin Gastón era una idea parecida a la muerte.

Habló con él un mediodía de pena. En un bar habitual, que ese día era gris y melancólicos los mozos amigos y alegres, describió las amenazas del Secretario Principal.

Pálido, desencajado, Gastón escuchó sus palabras con furia. Después, cuando ella logró calmarlo, afirmó confiado, sin desafío:

—No te preocupes, si los del banco son tan calzonudos con los guachos del gobierno, que me echen, no nos vamos a morir por eso, tengo diez mil cosas para hacer, acepto cualquier trabajo, lo que sea, menos perderte a vos.

—Ni hablar de eso. ¿Pero qué hacemos en casa si me echan? Vos sabés que vivimos con mi sueldo. A papá no lo toma nadie. En este momento, el que pasa los cincuenta y no tiene trabajo mejor que se pegue un tiro.

—Vas a conseguir otro empleo, estoy seguro.

—¿Y hasta que lo consiga?

—Saco un préstamo y viven con ese dinero.

Eran planes difíciles, proyectos que parecían irrealizables. Pero de un modo u otro evitarían el infierno.

Los desocupados acamparon en las orillas de la ciudad capital y después avanzaron hacia el centro. Se instalaron en la Plaza Mayor, frente a la Casa Verde.

Se alzó una población de carpas hechas con palos y pedazos de género y mesas de tablones donde todos compartían la comida. Había gente de campo y de ciudad, hombres callados de montaña envueltos en las mantas que tejen esas indias que de tanto infortunio parecen montoncitos de tierra, abundaban individuos montaraces que en arranques de cólera revoleaban machetes hacia la Casa Verde, acróbatas de esquina a quienes nadie miraba para no dar limosna, putas y travestis que habían perdido sus clientes en la pobreza de todos. De noche, había hogueras para calentar el aire y sonaban los bombos de protesta.

La fatiga del hambre predispone al éxtasis, de manera que frecuentemente había entre las carpas o volando sobre ellas apariciones milagrosas, en general la Virgen o los santos preferidos de la gente. Cuando esto ocurría, todos, aún los escépticos y ateos, caían de rodillas y formaban coros espontáneos que rezaban a los gritos, pidiendo que los santos se llevaran la miseria.

La muchachada es ligera, no es apta para el drama, de manera que los jóvenes que acompañaban a sus padres en la Plaza y de día andaban por las calles mendigando y haciendo algunas changas, de noche tocaban el acordeón o la guitarra y charlaban y cantaban para olvidar el drama que todos padecían, sin importarles que desde los edificios vecinos a la Plaza, para hacerlos callar, les arrojaran botellas, monedas que en seguida recogían, bolsas de orín que a veces estallaban contra el rostro de alguno provocando la risa de los otros. Las parejas hallaban el modo de hacer el amor en rincones discretos.

Las putas, con su enorme y generoso corazón, prodigaban sin precio sus oficios a los hombres más tristes, los que contemplaban impotentes la extenuación de sus familias y disfrutaban entonces un instante, si no de alegría, al menos de confusión y olvido.

El Rey y los suyos evitaron entonces la puerta principal de la Casa Verde. Envueltos en custodios, entraban y salían por puertitas menores y ventanas bajas.

Un provinciano designado funcionario sin funciones por decisión del Rey, un hombre ingenuo a quien ya he recordado, en cuya voz aparecía el chillido de los gansos que cuidaba en su pueblo, disfrutaba el ocio de las tardes contemplando desde un banco de la Plaza los vuelos de palomas, el vértigo de los automóviles, el apuro de los que cruzaban preocupados, los hombres que iban solos hablando y discutiendo; le asombraban esos nervios de ciudad tan distintos a la pachorra de provincia. Una tarde se asomó al balcón de su oficina y se entusiasmó al ver en la Plaza tanta gente parecida a su gente, con sus carpas, sus ollas y los tablones que les servían de mesa. Pero no le gustó que pisotearan los canteros que hallaba primorosos.

Salió por la puerta principal de la Casa Verde, cruzó a la Plaza y exclamó con voz chillona, de graznido:

—¡Pero qué alegría! Tantos paisanos juntos, aunque no sean de mi provincia, cha qué gusto! –Pasó una mirada circular sobre la Plaza y agregó, siempre con simpatía–: Pero es una picardía que anden pisando los canteros. Capaz que podrían correr un poquito las carpas y plantarlas en la vereda. Pa' que no sufran las flores, digo.

Un morocho con cara de hambre preguntó:

—¿Y vos quién sos?

—Trabajo ahí enfrente y me ando las tardes aquí en la Plaza, me gusta de veras, por eso la cuido.

—¿Sos jardinero?

—No. En mi pago cuidaba gansos.

—¿Y qué hacés ahí enfrente? ¿Barrés el piso?

—No, soy más o menos ministro, pero entuavía no sé lo que tengo que hacer, me aburro un poco, por eso me vengo pa' la Plaza.

—¿Y cobrás?

—Y claro, si tengo empleo.

Hubo un silencio. Otro morocho preguntó:

—¿Y cómo estás ahí?

—Una manito que le di al Rey hace tantísimo tiempo, una zoncera, pero el hombre es gauchazo.

Inmediatamente, el más o menos ministro quedó oculto bajo cuatro o cinco espaldas de las que bajaban, a través de los brazos, no golpes de odio al hombre-ganso que parecía ajeno al mundo sino, apenas, desahogos de amargura.

Ese país era así: lo que venía del interior eran mentas, entresueños provincianos, vicisitudes ajenas que no interesaban; en cambio, lo que ocurría en la capital ocurría. De modo que fue el tumulto en la Playa Mayor lo que empezó a convencer a algunos de que la fiesta no podía continuar, que quizá fuera prudente un tiempo de retiro.

Por años, el Sindicato General había recibido suficiente para cerrar la boca; sólo habían producido algunas marchas, proclamas con palabras que sonaban viriles, "cojones", "pelo en pecho","gringos guachos", el incendio de un auto viejo que el Sindicato guardaba para eso, e intrascendencias parecidas. Rumbosos, bien vestidos, socios de los clubes de la aristocracia, los jefes sindicales no habían notado en esos años los despidos en masa y el hambreo de la gente.

Pero ya no había negocios para sacar tajada, se había vendido todo y en el reino quedaba solamente la inmensa deuda contraída para seguir la fiesta; a los gringos y a los usureros se les debía todo, hasta el agua y el aire y la luz de los relámpagos. De manera que, agotada la fuente de silencio, el Sindicato General recuperó de los armarios los viejos estandartes en los que se leían, a pesar del amarillo del encierro, frases de enojo y amenaza y la decisión de esos líderes de morir luchando por los pobres.

El Partido también puso distancia; decidió cuidarse. A partir de un día, sus jefes criticaron lo que habían defendido. Cuando un periodista les señalaba el cambio, lo paraban en seco: "Pero no sea chusma, andar fijándose en lo que uno dijo antes". Y seguían criticando.

El viejo y feroz caudillo a quien, en el pasado, Pedro Montes le había arrebatado con un polvito en el vino la candidatura a Presidente y desde aquel día esperaba la revancha, declaró en una asamblea del Partido, en la que se proferían quejas contra el Rey y sus amigos: "Ese enano apareció de repente y está visto que no sirve para un carajo". Y cuando alguien, a quien le costaba desprenderse de las frases de triunfo de los últimos años, propuso con moderación "Creo que deberíamos tener respeto, es el Rey", el caudillo lo aplastó con su voz de león: "Rey las pelotas, es el jefe de una banda de chorros".

De manera que los cortesanos, desde la aparición de la ciudadela de pobreza ante la Casa Verde, comprendieron que convenía ser prudentes, la fiesta no podía continuar. Pero no se preocupaban, su futuro se hallaba protegido.

En los años de esplendor, alguien que conocía el secreto de los bancos virtuales y remotos había llevado y traído en sus libros de magia los dineros de los cortesanos hasta dejarlos lavados y limpios en un sitio seguro.

Los cortesanos tenían sus ahorros lejos de curiosos, pero pensando en la paz de sus familias empezaron a rumiar, sin decirlo al comienzo, murmurando después, que pronto el Rey ya no podría ser Rey, apenas Presidente y en poco tiempo nada.

El Rey continuaba sus tareas de gobierno como si lo que ocurría en el país fueran sólo inconvenientes momentáneos, los estorbos que el viento trae pero pasa y se los lleva.

Para distraerse y olvidar esos disgustos, y también para esperar con calma las noticias que el Secretario Principal debía comunicarle, la aceptación por fin de Beatriz, organizó en esos días un partido de polo en el Palacio.

Sucedieron entonces hechos sorprendentes.

Los jugadores habituales concurrieron. Pero el Rey notó que algo andaba mal: su pony había ganado siempre las corridas a los caballos más altos y veloces de los otros, pero esa tarde lo pasaban como si fuera un poste; y también esa tarde sucedió que el Rey no logró tocar la bocha con su taco de juguete.

Una noche, en la mesa de póquer, donde el Rey solía ganar entre rezongos fingidos de los otros, apostó fuerte en una mano; varios desistieron, pero otro jugador dobló la postura. El Rey aceptó y volvió a aumentar el pozo calculando la pequeña fortuna que pronto sería suya, pero el otro no retrocedió, no dijo "Paso" ni echó al mazo sus cartas sin mostrarlas con gestos de congoja como solía suceder: jugó su resto. Con cierta incertidumbre, una sensación que aún no conocía, el Rey aceptó y mostró su póquer de reinas y, en un acto inconsciente, hecho a las costumbres de las noches de juego, estiró los bracitos hacia el montón de fichas; pero debió retirarlos vacíos cuando el otro jugador mostró su póquer de reyes que, abierto sobre aquel paño verde con los emblemas del Rey y la flor de lys bordadas, tenía algo de irónico.

Y cuando el Rey decidió celebrar con una fiesta en Palacio el nuevo aniversario del reino, el Secretario Principal le pidió que esperara, habló de las protestas que crecían y explicó: "Les daríamos pasto a los terroristas que mueven a esa gente, imagínese los carteles, el país se caga de hambre y el Rey hace una fiesta".

El Rey sostuvo entonces que las broncas se curan con dinero y ordenó repartir buenas sumas entre los hambreados que llenaban las plazas. Pero el Tesoro ya no era un tesoro, la Caja de la Felicidad lo había vaciado, así que hubo, apenas, para pagar la distracción del Sindicato General que, días antes, había anunciado una huelga perpetua.

El informe del médico aludía a picos de fiebre y escalofríos. No sé si Beatriz recibió al médico en cama con los pies envueltos en papel secante para subir la fiebre o sufrió, realmente, un chucho de preocupación o tomó, si es que existe, el licor de ver visiones que ocasiona delirios, o fue nomás su encanto, su rostro de princesa triste, capaz de enternecer a un médico.

El Secretario Principal tampoco supo la razón de la evidente mentira del informe, pero decidió aceptarla. Era un modo de evitar o al menos postergar la ruptura con esa chica tozuda, su previsible negativa, y así prolongar la confianza del Rey.

Pero Beatriz sabía que la excusa acabaría y, antes o después, cuando regresara a la Casa Verde y afirmara —porque esto es lo que queda, la dignidad que en ocasiones necesita palabras sin retorno— que preferiría morir antes que pasar un día junto al Rey, inevitablemente perdería su empleo. Así que después de proponerse y desechar ideas, disfrutar imaginándose feliz en una empresa, en una tienda, un restaurante, una oficina de provincia, recordó sus apuntes de ese tiempo, en los que había ejercitado su vocación de periodista.

Armó una nota ligera, describió torpezas de ciertos cortesanos e intimidades del Palacio y de la Casa Verde, firmó con seudónimo y la ofreció a una revista chismosa de vastísimo público. Le pagaron lo que pretendía y le pidieron otras. Prometió regresar en pocos días.

Entonces, sintiéndose distinta, más cierto el futuro, volvió a la Casa Verde.

No por temor, sólo por cortesía después de tanta ausencia, entró tosiendo una tos falsa que sonaba ridícula. Pero nadie se interesó en su salud. En los pasillos, todos parecían apurados, andaban con un gesto nuevo, de ansiedad o impaciencia.

Pasó varios días en paz, sin nada que hacer. A través de la puerta que la separaba del despacho del Rey oía murmullos, conversaciones apagadas, no ya las voces fuertes, las carcajadas habituales y los ruidos de vasos a la hora del wisky. Hasta que una mañana, el Secretario Principal la llamó a su oficina.

Antes de salir, dejó preparado el portafolios y en su interior la agenda, el cortapapeles que un siglo antes el abuelo Alexandre había traído de Suiza, las fotos de Gastón y de sus padres y recuerdos que guardaba en un cajón. Preparaba la previsible despedida.

El Secretario Principal la recibió con una sonrisa y una frase inesperada, "Feliz primavera, Beatriz", una frase que sonó absurda, por más que en esos días terminara el invierno.

—¿Ya está bien, pasó la enfermedad?

—Sí, señor, gracias.

—Qué suerte. Y tengo que decirle que la gripe no la ha perjudicado, está más linda que nunca –dijo mirándola a los ojos.

Beatriz no contestó.

Después de otras frases inútiles, el Secretario habló del Rey:

—Usted sabe que Monseñor está esperando ansiosamente su respuesta.

—No merezco ese interés.

—Creo que Monseñor algo ya le adelantó a la señora Petrona.

—Espero que no lo haya hecho.

—De manera que necesito su respuesta para transmitírsela.

—Usted ya la conoce.

—Por favor, dígame, concretamente, cuándo podría ser la boda.

Beatriz lo observaba en silencio. El insistió:

—Necesito una fecha para decirle a Monseñor. Pero no se preocupe, si después hay que cambiarla se cambia, no hay problema. Una fecha provisoria, aunque más no sea.

—Usted sabe que no hay ni va a haber fecha, señor.

—Al menos, dígame un mes, el día se busca después.

—No hay día ni mes para esa boda, ni de éste ni del próximo milenio.

—¿Qué está queriendo decir?

—Lo que ya sabe, que jamás me casaré ni tendré la menor intimidad con Monseñor.

—¿Ha pensado que va a perder el empleo?

—No sólo el empleo, la vida prefiero perder antes de vivir un minuto con el Rey.

El Secretario se quedó callado; un anticipo de tormenta, pensó Beatriz. Pero lo que en seguida sucedió resultó asombroso. El Secretario no prorrumpió, como ella temía, en palabras de ira; sólo la observó durante un largo momento, se diría que esbozó o contuvo una sonrisa y, después, en voz baja, aceptó:

—Comprendo.

Se volvió hacia una mesa cubierta de botellas.

—¿Qué toma? ¿Un Martini, una copa de champagne?

—Gracias, no tomo alcohol.

El Secretario, como si no escuchara, sirvió dos vasos de wisky que cargó con cubitos de hielo, le dio uno a Beatriz, que ella dejó sobre una mesa contigua a su sillón, tomó unos tragos y volvió a decir:

—Comprendo. –Después, con aparente fatalismo, como si el tema le inspirara piedad, siguió diciendo–: Usted es tan bella, tan alta y distinguida, y Monseñor en cambio, reconozcamos, pobrecito…

Beatriz lo observaba sin hablar. No entendía el propósito y el destino final de esas palabras.

—Pero comprendo también que Monseñor se haya enamorado de usted. Es más: conociéndola, resulta difícil no enamorarse.

El Secretario hizo una pausa. Después usó un tono que parecía afectado:

—Le confieso que desde la primera vez que la vi me he mordido para no invitarla a cenar. Pero no podía, Monseñor me hacía sus confidencias, me hablaba de su amor, su deseo de casarse con usted. Pero ahora que usted ya ha dado su respuesta, ahora sí podríamos salir, para conocernos, créame que sin ninguna otra intención.

Se detuvo un momento, la observó, luego propuso:

—Me gustaría llevarla a conocer la estancia que acabo de comprar. Es antigua, bellísima, tengo ahí mis colecciones, autógrafos de Napoleón, de Cantinflas, tengo fotos viejas que son tan divertidas, hay pileta, caballos para andar, una jaula con loros que conversan, una cocinera que prepara los mejores dulces del país, podemos pasar un día inolvidable.

En los tiempos de la fiesta, cuando las revistas del corazón halagaban a los cortesanos, una periodista sostuvo que el Secretario Principal era buen mozo y, conociendo sus veleidades, agregó que las mujeres maduras del reino morían por él. Desde aquella nota, el Secretario Principal consideraba que era lindo y pasaba largos ratos ante el espejo ensayando perfiles y gestos que suponía atractivos. De manera que ahora, de pie ante Beatriz, para apoyar su invitación produjo un mohín que le otorgaba, creía él, un aire inocente y juvenil: convirtió su boca en una trompita como si estuviera por hacer burbujas y entrecerró un instante los ojos de un modo soñador.

Cuando sus labios volvieron atrás y la boca recuperó su extensión habitual, el Secretario agregó referencias a la estancia que visitarían, sugirió otros programas que podrían hacer juntos y, aprovechando el silencio de Beatriz, se atrevió a proponer viajes que resultarían inolvidables, "aviones en primera y hoteles cinco estrellas", precisó.

Después recurrió a otra actitud que solía ensayar ante el espejo: se puso de perfil –el derecho, el mejor, pensaba el Secretario– y miró hacia la ventana con cierta languidez, lo que debía producir preocupación o intriga en la muchacha, ¿qué está pensando?, ¿por qué se ha callado?, ¿se arrepiente de su invitación?

Salió de esa actitud con una tos suave y teatral y, en voz más baja, dijo:

—Yo voy a arreglar las cosas, no tiene que dejar el empleo. Y para su tranquilidad, en lugar de trabajar junto al despacho de Monseñor, le voy a armar un escritorio junto a mi oficina.

Hizo una pausa estudiada y siguió, ahora más íntimo:

—Monseñor no se va a enterar de nuestras salidas... y tu novio tampoco. –Sonriendo, anunció–: Vas a ver qué bien la vamos a pasar. –Y dio un paso con las manos extendidas para que Beatriz las recogiera.

Beatriz se incorporó, no recogió esas manos que permanecían en el aire en una pose incómoda. Severa, callada, parecía buscar una palabra. Por fin, no con rencor, sólo desprecio, exclamó con fuerza, como si escupiera:

—¡Mamarracho!

Beatriz preparó nuevas notas en las que describía hechos absurdos o irritantes ocurridos en la Casa Verde, los acosos de algunos cortesanos a las empleadas jóvenes, el vuelo delicado de la nave real, los desatinos en las fiestas de disfraces, la programada crueldad del halcón en el Palacio de Verano, el puerto de mármol que podría servir a una provincia y sólo servía al Rey y sus amigos, los partidos de polo en los que el Rey vencía con su taco de juguete, la ardiente cursilería de los nuevos ricos.

Eran notas que sonaban ligeras y ocurrentes, pero en las que se leían sus sentimientos, su desprecio hacia esa gente y su extraña moral.

Y porque el tema interesaba, periódicos y revistas compraron y publicaron esas notas.

Crecían los crujidos en el reino, la indignación crecía, y aumentaba entonces la osadía de la prensa y el interés por los relatos. Ya no eran los tiempos de peligro que José Luis Testa había sufrido.

Beatriz disfrutó la paradoja: los disgustos pasados le permitirían vivir con desahogo. Así que decidió celebrar su buena suerte y una noche invitó a sus padres y a Gastón a un restaurante de los que antes frecuentaban, ni lujoso ni modesto, de buena comida y gente amable.

Encargaron la cena y empezaron los brindis. Entre augurios y palabras de entusiasmo por la suerte de Beatriz, Gastón propuso, alzando su copa:

—Brindemos por trompita fruncida.

—Por los papelones del mamarracho –corrigió Beatriz.

—Por nuestra periodista preferida.

—Por el Pulitzer que viene.

—Para que en el barrio empiecen a comprar mis tortas –propuso con más humildad Cecilia.

En ese instante, dos mozos que atendían otras mesas se acercaron y, mientras Rafael decía "Gracias, ya hicimos el pedido", se detuvieron ante Beatriz, la miraron sonriendo y extendieron hacia ella sus manos de saludo. Beatriz desechó sus manos para darles un beso en las mejillas y exclamó "Qué alegría volver a verlos".

Nicanor y Jacinto habían sido su alivio en los días aciagos del Palacio de Verano, de manera que, como ocurre cuando reencontramos a quien nos permitió vivir momentos de sosiego en un ámbito hostil, Beatriz volvió a sentir la paz tranquila de esos hombres.

Sus sacos blanco-amarillentos, demasiado estrecho uno, demasiado holgado el otro, con agujeros de polillas en el pecho, denunciaban un uso prolongado y ajeno.

Saludaron a todos con su habitual respeto, estrechando manos e inclinándose, "Mucho gusto, señora" (habían aprendido a no decir madama), "Mucho gusto, señor".

"Mi novio", había dicho Beatriz al presentar a Gastón. Jacinto, entonces, se atrevió a afirmar: "Lo felicito, va a ser muy feliz, la señorita Beatriz es buena como el pan, además de hermosa".

Trabajaban en ese restaurante, el Secretario General los había despedido de su casa.

—Créame, señorita, hacíamos todo lo que nos mandaban.

—¿Y por qué, entonces?

—Es que un día nos enojamos, ese hombre estaba diciendo cosas que no podíamos permitir, nosotros la queremos mucho, señorita –empezó a explicar Jacinto con acaloramiento. Pero Nicanor lo miró con severidad y dijo para interrumpirlo:

—No, fue mi culpa. ¿Se acuerda de mi problema?

Beatriz recordó, pero no esbozó ni contuvo una sonrisa, no sintió deseos de reír, no desaparecía de su rostro el rictus preocupado que las palabras de Jacinto habían impuesto.

Nicanor continuó:

—Fue terrible. Y para colmo era el cumpleaños de la nena mayor, yo llevaba la torta y empecé a cruzar el salón entre las amiguitas cuando me agarró eso en el vientre y, ahí nomás, disculpen que lo diga –se calló y parecía avergonzado.

Jacinto completó:

—Un ruido bárbaro hasta que llegó a la mesa, todo seguido, como una ametralladora, nunca lo escuché tan largo, las chicas corrían y se tapaban la nariz, así que nos echaron.

—¡Qué desgracia! –exclamó Gastón, conteniendo la risa.

Beatriz los miró con ternura. Esa no era la causa del despido. Dijo afligida:

—Por defenderme perdieron el trabajo.

—No, señorita... –pretendieron contestar

Pero se callaron, la mirada emocionada de Beatriz les decía que era inútil, que sabía.

Después de los postres, y sin que lo advirtiera el patrón que en ese instante protestaba detrás del mostrador, Jacinto y Nicanor le trajeron de regalo a Beatriz un frasquito de licor de la casa envuelto en un pedazo de papel.

Hubo entre los cortesanos cierta inquietud, no por los dineros, que estaban bien guardados, sino por ciertas muertes que daban dramatismo al ruido que en la televisión y los periódicos hacían los preguntones que querían saberlo todo: ¿es cierto que se reparten sobres con dinero del Estado? ¿quién los cobra? ¿usted compró caballos de carrera con su sueldo de Secretario? ¿y las máquinas lavapecados que iban a poner en los prostíbulos y nunca aparecieron? ¿de quién son los prostíbulos?, y entrometimientos parecidos.

"Suicidios", los llamó la policía del Rey, "gente que vaya a saber en qué entrevero se hallaba por infidelidades o deudas de juego o padecía tal vez los dolores del cáncer u otros males no menos ingratos", declaraban los pesquisantes y agregaban: "Pobrecitos".

Esos muertos conocían los negocios que habían producido lluvias de oro sobre el Rey y su corte, de manera que para algunos fueron muertes oportunas, pero inquietaron a otros, como inquieta un aviso, ya que eran suicidios llamativos. Un gerente del Banco del Estado, cuyos jefes habían comprado toneladas de gomitas de borrar sin advertir la extinción del lápiz en el Banco, fue hallado en su oficina convertido en lámpara, ahorcado, con una bombita de luz encendida en su garganta y en la boca recortes de diarios que comentaban el escándalo de las gomitas. La señora Natividad, una antigua secretaria del Rey que, blandiendo una agenda de citas y llamadas anunciaba denuncias y relatos de escándalo, cayó de una ventana con tres litros de grapa en el cuerpo que alguien le había metido por el culo. Un aduanero colgado de los pies produjo un desagradable charco oscuro desde un tajo en el cuello que, para apurar la muerte, se había hecho con una navaja o un cuchillo que "lamentablemente", afirmó la policía, "no fue hallado en cercanías del occiso". Un funcionario ostentaba un tiro en la cabeza y en la mano una carta que explicaba que "había andado en fulerías", imploraba indulgencia a su familia y al traicionado Rey y finalmente pedía "perdón por la letra", pero no explicaba por qué, siendo zurdo, la bala se hallaba en su sien derecha.

Algunos cortesanos resolvieron consultar a las gitanas. Ellas los recibieron en sus ranchos, con lechuzas, culebras que mostraban sus agujas de veneno, bolas de vidrio que encerraban el mundo, cascabeles y velos de tinieblas; les leyeron la suerte en la borra del café y en cartas de adivinación que anunciaban con espadas de oro la buena fortuna y la desgracia con dibujos de espanto y les dijeron que tuvieran cuidado.

Los cortesanos, entonces, decidieron ser prudentes. Los que competían en viajes ostentosos y las revistas del corazón mostraban en piscinas como lagos, con el gesto de estar en otro mundo, los que por años habían provocado en los hombres y mujeres del país el ansia de vivir un día como ellos, ahora aparecían en las fotos con gesto bonachón, en trajecito gris, un automóvil viejo, y contestaban a los periodistas con relatos de humildad, "los fines de semana con la patrona nos hacemos un pic nic en alguna plaza, unas milanesas, un cacho de queso y mortadela, roncamos un rato en el pasto y de vuelta a la cucha", "lo que más me aflige son los desocupados, pobrecitos, sin ir más lejos en la familia tengo uno, y yo ando con lo justo, así que no lo puedo ayudar", "la casa me la prestaron, qué va a ser mía, pero no nos hallamos, mucho lujo, nosotros somos gente de barrio y de laburo", y afirmaciones parecidas en las que nadie creía pero que ellos igualmente repetían.

Y se apartaron del Rey para que, solo, sin coros de festejos, entendiera que la fiesta había acabado, que era tiempo de irse y dejar a otros los despojos del país ya que los nombres se confundirían, los de ellos y los que luego pretendieran arreglar el estropicio e inevitablemente quedarían en el centro de la escena convertidos en culpables, porque el drama de los desesperados, las poblaciones moribundas, los gatos y las ratas frecuentando las ollas de comida, toda esa tragedia nadie la podría resolver, nadie vendría con la vara de Mandrake para que la vida volviera a ser lo que había sido, la sombra ya estaba sobre el reino.

Los cortesanos confiaban en la memoria frágil y el peregrino juicio de la gente y resumían así su pensamiento: "Que las puteadas las reciban los giles que agarren el gobierno. Nosotros tenemos que rajar".

Uno de ellos agregó contento: –Con el quilombo que les dejamos, en un par de años los echan y nos llaman de vuelta.

Algunos cortesanos hicieron negocios de último momento, vendieron armarios de la Casa Verde, sables, arcabuces y recuerdos de la Historia que honraban sus paredes, arboledas que sombreaban avenidas y hasta plazas de barrios últimos, total ya se iban. Pero otros advirtieron: "No hay que tentar al demonio".

Cuando la multitud de carpas que ocupaba la Plaza Mayor abarcó calles vecinas y cubrió las explanadas y veredas de la Casa Verde y hubo, entonces, que entrar por caminos subterráneos hechos de apuro, el Rey entendió que las cosas no andaban bien.

Convocó a los secretarios para discutir la molestia más grave del reino, qué hacer con los desarrapados que andaban por ahí estorbando caminos con troncos y fogatas, exigiendo comida en los mercados y, lo peor, devastando la Plaza Mayor y jodiéndolos a ellos con sus gritos de enojo y su feo espectáculo.

"Desagradecidos", protestaba el Rey, caminando los pasillos de la Casa Verde. "Hacerme esto a mí, el gobernante más exitoso que tuvo este país. Yo los llevé al primer mundo. Joderse con tanto hijo de puta".

Pero el desorden crecía en coros de amenaza. De algún modo, había que resolverlo.

Algunos cortesanos habían renunciado en las últimas semanas. El Rey, absorto en sus emociones, no se había interesado en las renuncias, tampoco en sus motivos: "Un dolor de estómago que no me permite trabajar", "Mi madre tiene incontinencia, debo estar junto a ella para cambiarle la bombacha porque sino se paspa", "Me radico en Asia, me intereso en la vaca sagrada". Pero al ver tantas sillas vacías, el Rey empezó a comprender.

Planteó el problema y pidió ideas.

Las propuestas fueron muchas y distintas. Las rústicas, "Mandamos soldados y leña al que se retobe", las emotivas, "Que el Secretario de Prensa les pida que piensen en sus abuelos que nunca se quejaban", "Que Monseñor les recuerde que era pobre como ellos" (esta propuesta fue inmediatamente repudiada por el grupo), las religiosas, "Un milagro en medio de la Plaza, traemos a mi primo que sabe hacerse el paralítico, Monseñor lo toca y mi primo sale caminando", "Ponemos un santito articulado en el balcón y les dice que se vayan", y también las que expresaban con franqueza el sentimiento de la corte: "Que alguien les grite no rompan más las bolas".

El Profesor afirmó:

—El conocimiento conduce a la verdad. —Propuso—: Crucemos a la Plaza y preguntemos qué quieren. —Fiel a su estilo, reforzó la idea con un ejemplo de la Historia—:

—Empédocles se arrojó al Etna para conocer el interior del volcán.

Las respuestas fueron inmediatas:

—De ahí viene la expresión estar en pedo.

—Antiguamente se decía estar empédocles.

Otro, mirando con sorna al Profesor, dijo:

—Andá vos a la Plaza, preguntales qué quieren y después contanos.

Pero el Profesor no respondió, no lo oía, había vuelto a sus cavilaciones y en ese instante murmuraba, en un tono inaudible, vaya a saber qué otras propuestas o quizá reflexiones sobre algún otro tema.

Estupor causó el proyecto del Secretario de Moral Pública, dicho sin énfasis:

—Llevémoslos a vivir con nosotros.

—¿A quiénes? —preguntó alguien con asombro.

—A esos —contestó el Secretario señalando hacia la plaza.

Por no sentirse completamente solo, no había renunciado al cargo, pero todas las cosas, el convertible, los caballos de carrera, la colección de smokings, habían perdido encanto desde que Camila lo había abandonado. El cansancio moral fue más fuerte que su amor al marido. "Lo único que le pido a Dios es que te abra los ojos y vuelvas a ser como eras antes", contestó ella cuando él le preguntó por qué.

Camila y los chicos volvieron al viejo barrio, recuperaron la casa antigua, los hábitos, los amigos, y fue como si nunca se hubieran ido de esas calles.

Desde aquel día, el Secretario miraba con extrañeza los vastos ambientes de la mansión en la que sólo estaban él y las mucamas. Pensó en tener sexo, dinero mediante, con alguna de ellas, o salir por ahí a buscar una novia o una prostituta, pero era, irremediablemente, hombre de familia, y nada que lo alejara de Camila podía hacerlo feliz.

Los amigos lo visitaban de noche, cenaban delicias, hablaban de mujeres, fumaban habanos, planeaban viajes al fin del mundo y componían proyectos de entusiasmo. Pero la casa del Secretario, aún llena de gente, estaba vacía.

Todas las mañanas lo despertaba el deseo de renunciar a la pompa y la riqueza, como se renuncia a un sueño vano, para ir a vivir con la familia. Pero soberbio o caprichoso, abandonaba de inmediato la idea y se encerraba en la Casa Verde hasta el comienzo de la noche.

De manera que por esa soledad que padecía fue que, insensato, propuso a sus colegas llevar a los desarrapados de la Plaza a vivir con ellos.

Los secretarios lo escucharon sorprendidos. Unos pensaron que su propuesta era una broma, otros una ironía difícil de entender, otro, observándolo, preguntó irritado "¿Qué te pasa, Cacho?" y otro dijo "El Cacho se mamó".

Por fin habló el Rey y en su voz ya no había ira. Con ademanes dignos, afirmó: "Yo comprendo a esa gente, perdono su enojo y sus protestas. Los confunde el cambio extraordinario, la modernización del país en mi reinado. Pero ellos me aman y saben que no los voy a defraudar". Sin descuidar el tono de oratoria que aplicaba en ocasiones decisivas, anunció:

—Se acabó la desocupación. Mañana empezamos a construir viviendas, un millón, dos millones, las que podamos hacer. Va a haber casas y trabajo para todos.

El Secretario de Finanzas preguntó:

—¿Con qué plata? –Explicó–: El Tesoro está vacío.

El Rey lo observó con sorpresa. Pero su genio de estadista –así se decía en el tiempo de la fiesta– propuso entonces otra solución:

—Hacemos andar de nuevo los trenes y esa gente se vuelve a las provincias.

Otra vez el Secretario de Finanzas:

—No se puede. Los negros arrancaron las vías para vender el fierro y las estaciones son casas tomadas.

El Rey no desistió:

—Pedimos prestados unos cuantos millones a los gringos y los repartimos.

—¿Entre nosotros? –preguntó con ilusión un Secretario.

—No, animal –contestó con claridad el Rey–. Entre los desocupados, para que vayan tirando hasta que encuentren trabajo.

Por tercera vez habló el aguafiestas:

—Los gringos dicen que ya nos prestaron demasiado y hasta que no empecemos a devolver no vemos más un mango.

—¡Hijos de puta! –exclamó el Rey enojado–. ¡Con los negocios que les dimos, y ahora nos salen con esta pijoteada!

Se produjo un silencio de sótano. Fue un momento sombrío, casi funeral. Pero de pronto, el Rey cambió el gesto, recuperó la sonrisa ganadora que por años habían mostrado las revistas y con entusiasmo hizo un anuncio sorprendente:

—A esa gente hay que empezar por devolverles la alegría, aunque en el Tesoro no haya plata. Hoy mismo anunciaremos la Olimpíada de los Desocupados.

Explicó que, entretenidos en correr maratones, saltar con garrocha, tirar la jabalina y otros esfuerzos que esos eventos imponen, los desocupados limpiarían su alma, cambiarían los pensamientos de derrota, dejarían las plazas y los caminos usurpados y volverían a sentirse orgullosos de vivir en un país rico y moderno.

Los secretarios, asombrados, intentaron replicar, pero el Rey los frenó con un ademán enérgico de su bracito.

Un momento después, el Rey y un Secretario salieron al balcón que daba a la Plaza Mayor. La baranda era más alta que el Rey, de modo que el anuncio lo haría el Secretario.

Al ver esa figura y, junto a ella, una pequeña sombra en el balcón de los anuncios históricos —la derrota y la huída de los gringos en tiempos de la Independencia, el enorme agujero que había hecho el meteorito descubriendo el lecho de carbón que había dado trabajo por un siglo, el debut de los trenes que llevaron a todos el tráfico del mundo— los manifestantes alzaron la cabeza y se dispusieron a escuchar.

"El Rey comprende vuestra preocupación", comenzó a leer el orador y los parlantes reproducían su voz más allá de la Plaza, "es muy triste carecer de trabajo", les recordó a los que escuchaban, "el Rey quiere verlos a todos ocupados", aquí hubo un murmullo de esperanza, "el Rey os ama", remató el orador. Hizo una pausa y anunció con voz triunfal: "En poco tiempo más, arreglaremos la deuda con los gringos y empezaremos a levantar fábricas y casas y va a haber trabajo para todos, pero ahora, a partir de la próxima semana, se van a celebrar las Olimpíadas de los Desocupados en las que todos podrán intervenir". La gente de la Plaza se miró con extrañeza. El orador enumeró: "Habrá carreras de obstáculos, salto en alto, salto en largo, salto atrás, golf, ajedrez, juego de damas y todas los deportes que no sean inmorales ni contrarios a la buenas costumbres".

Un murmullo crecía en la Plaza.

"Los vencedores tendrán magníficos premios que nuestro generoso Rey ha dispuesto donar". El murmullo se multiplicó. "Bicicletas, equipos de gimnasia, una semana de paseo y mucho más".

El orador no pudo continuar. "Callate atorrante", gritaron en la Plaza, mientras algunas sombras avanzaban hacia la Casa Verde.

Hombres jóvenes, rotosos como el resto, comenzaron a trepar las columnas que llevaban al histórico balcón y, por los imprecaciones proferidas, resultaba evidente que su intención no era saludar al Rey ni mucho menos agradecer esos anuncios. De modo que, cuando esos hombres ya alcanzaban la baranda, el Rey y el orador desaparecieron del balcón y cerraron las macizas persianas detrás de ellos.

Aquel año, cuando las lluvias convirtieron una vasta región del reino en un mar de barro y agua dulce, el Secretario de Catástrofes mandó hacer colectas. "El Tesoro Público anda escaso, más bien jodido", anunció por radio en su lenguaje de calle que nunca había dejado, "así que tienen que darnos una mano".

Entre otros ejemplos, destinados a avivar la piedad de los oyentes, recordó el terremoto que destruyó Managua y la colecta que hizo el mundo para reconstruirla, sin aclarar que esa colecta fue a parar, entera, al Tacho de aquel tiempo.

En las ciudades, la gente juntó lo que pudo, los más pobres algo de lo que tenían para ellos, los más ricos lo que les sobraba, y armaron paquetes de alimentos y bolsas con ropas y frazadas que camiones enormes llevarían a quienes tiritaban en ranchos rodeados por el agua.

Fue conmovedor: viejos que movían con esfuerzo las muletas, muchachos que interrumpían sus tareas amorosas, gordos bamboleándose que apenas caminaban y raquíticos a quienes el viento detenía, todos llegaron hasta aquellos camiones para mandar sus cositas a los inundados.

La televisión mostraba esas escenas con el rostro en transparencia del Secretario de Catástrofes, mientras un coro entonaba el Himno de la Patria y melancólicas canciones de liturgia. Las mujeres lloraban ante el televisor y multiplicaban las bolsas y paquetes que llevarían a los camiones.

Los camiones enfilaron al norte, hacia el nuevo mar

que había crecido entre provincias, y al volar esta noticia, en los ranchos rodeados por el agua hubo abrazos de alegría, "Ahora vamos a comer y va a tener ropa seca, m´hijito", decían los padres a los niños que berreaban de hambre y humedad, y hasta hubo festejos en los que, no sabiendo a quién agradecer, vivaron a la gente que había donado los paquetes y a los camiones que pronto llegarían.

Pero pasaron los días calculados para el viaje y ningún camión se acercó a los inundados.

Un sueño malo angustia al que lo sueña, pero llega a ser insoportable si en el último instante, cuando debe acabar, el sueño recomienza; la pesadilla, entonces, asume cierta eternidad. El horizonte inmóvil, nada más que agua turbia y serpenteos de tierra por donde debían llegar los camiones, convirtieron la angustia de los inundados en un terror sin ilusiones. El reino los había abandonado.

Cuando esto se supo, hubo en las ciudades un aullido unánime y furioso.

Apurado por la gente, el Secretario de Catástrofes prometió "investigar hasta las últimas consecuencias". Pero, extrañamente, envió los inspectores al sur, donde la sequía estaba convirtiendo el pasto en trocitos de piedra.

De manera que los inspectores no hallaron rastros de camiones.

Los días pasaban y ya no había esperanzas de recuperar los paquetes de ropa y de comida y en los ranchos rodeados por el agua la gente estaba quieta, abismada en un silencio lúgubre, como si esperaran la muerte mirando al fondo del camino, cuando en un remoto boliche de pueblo alguien comentó que los camiones habían entrado a un campo que no estaba, dijo, para el lado de los inundados; él los había visto. Otro, en el mismo boliche, dijo "Es el campo de don Alejandro". Y quiso la suerte que don Alejandro fuera, justamente, el Secretario de Catástrofes del reino.

Cuando los periodistas esperaron al Secretario ante la puerta de su casa, apoyaron en su boca treinta y cinco micrófonos y con franqueza preguntaron si se había robado la ayuda que la gente enviaba a los inundados, el Secretario, sonriente, simpaticón, en tono campechano, dijo "Pero no, mis amigos, cómo piensan, llevamos todo al campo para clasificar los paquetes y distribuirlos mejor", y cuando los otros insistieron explicó que esas tareas llevan tiempo, que no hay que apurarse por que sino se termina entregando una zapatilla 36 al inundado que calza 40 y un paquete de yerba al que le gusta tomar te y así sucesivamente, pero tengan fe, vamos a mandar todo, dijo, mientras su mujer se acercaba a los periodistas con una fuente y ofrecía "Cómanse una empanadita" y, para ser ocurrente, agregaba con una sonrisa "Tanto hablar de los inundados van a sentir frío, así que si quieren les traigo un vasito de vino".

La fuente recibió una patada, voló unos metros hacia arriba y las empanadas cayeron de punta sobre el Secretario y su mujer, aunque algunas también sobre los periodistas, de modo que la entrevista acabó para permitir que todos se lavaran la cabeza, momentáneamente salpicada con trocitos de carne, tomillo y pasas de uva.

El hecho debía quedar en protestas y disgustos que pronto se esfumarían, como todo lo que ocurría en el reino. Pero sucedió, entonces, algo inesperado: el Secretario de Moral Pública se presentó una mañana al Juzgado con cara de mala noche, de hombre solo, una cara de pena que daba pena, habitual en él desde que Camila lo había abandonado, y entregó un escrito que denunciaba al Secretario de Catástrofes por robar la comida y la ropa de los inundados.

Se notaba que había escrito en su trasnoche de ira ya que incluía palabras de guerra y frases de arrebato, por ejemplo: "Robarle ropa a un hombre que está seco es cosa de ladrones, robársela al que está mojado es propio de un hijo de puta".

Un hombre que vuelve de un prolongado extravío es un hombre más fuerte, alguien temible que puede convertirse en un ciclón.

Pero el Secretario de Catástrofes no se preocupó. El juez rechazaría la denuncia, como había hecho en esos años con todas las denuncias contra el Rey y sus amigos.

El juez, cuando leyó aquel escrito, decidió no repetir las soluciones de siempre, "el cajoneo", "la arrancatoria", absoluciones de manicomio, frases de elogio para el denunciado, etcétera. Los términos excesivamente duros del escrito le permitían una salida novedosa: "Hieren a la majestad de la Justicia las frases soeces y el lenguaje de prostíbulo, de modo que un juez digno debe rechazar esta denuncia fundada en tamañas groserías, lo que así se resuelve", diría en la sentencia.

Pero esa noche su mujer le pidió que recordara lo que ocurría en el reino, el pobrerío en las calles, la bronca en todas partes, sostuvo que la autoridad del Rey, que habían supuesto eterna, pronto acabaría, y finalmente preguntó con energía: "¿Por qué seguir jugando de alcahuete?"

El juez se quedó callado y, esa noche, por primera vez en treinta años de mortificar el sueño de su esposa, no roncó de tanto y tanto que, aún dormido, debía ponderar y decidir.

Cuando el Secretario de Catástrofes entró con sonrisa de amigo al despacho del juez, extendió una mano y dijo un par de frases confianduzas a modo de saludo, se encontró ante un hombre distinto.

El juez, sentado en su sillón, no se incorporó para estrechar la mano que el otro le ofrecía, no lo miró, sólo observaba el expediente que se hallaba sobre su escritorio. Después ordenó:

—Siéntese.

El Secretario pensó que una preocupación o un malestar pasajero, un dolor de barriga o de espinazo, tan frecuentes en quienes pasan sentados las horas de trabajo, alteraba el carácter de ese hombre. Pero corrían los minutos y el silencio de hielo continuaba.

—Explique por qué los camiones fueron a su campo –dijo de repente el juez.

—¿Cómo?

—Ya oyó. Conteste.

El Secretario imaginó que se trataba de una broma, sonrió, figúrese, dijo, todos esos paquetes y colchones, je, je, quién sabe a dónde habrían ido a parar si se los llevaban a esos negros, capaz que terminaban en el agua.

El Secretario ensayaba un tono de complicidad. Pero la mirada del juez seguía siendo fría, casi una amenaza.

El Secretario comprendió entonces que ese hombre

por alguna razón había cambiado, de modo que debía elegir otra actitud.

—No es mi campo –dijo–. Es de mi tía.

—No me diga. ¿Y por qué fueron al campo de su tía?

—No sé, habrá necesitado algo, es muy viejita, los camioneros la conocen, así que capaz que fueron para darle una mano.

—Cincuenta camiones entraron al campo.

—Esos muchachos son así, donde va un camión van todos.

—Entraron al campo repletos y salieron vacíos.

—Se les han de haber caído los paquetes, quién sabe.

El interrogatorio continuó de un modo terrible; a una respuesta de embuste, sucedía una pregunta que la destruía. De modo que, después de unas horas, el Secretario de Catástrofes, harto de tanta inquisición, se puso de pie y, mirando con furia al juez, gritó:

—Pero la puta que te parió, ¿me querés decir que carajo te pasa? ¿Andás con la regla? ¿O este mes no recibiste el sobre con la guita? –Y como si esas frases no fueran suficientes, exaltado, exclamó todavía–: No sé por qué mierda te la agarrás conmigo.

Aquel día, el Secretario de Catástrofes fue conducido a la celda más confortable de una cárcel del reino, en la que pasaría algún tiempo.

Cuando corrió la noticia de las Olimpíadas que había propuesto el Rey, los desocupados que cortaban caminos, lejos de sentirse agradecidos se irritaron y, protesta va, puteada viene, avanzaron hacia la capital.

Marcharon, no a la Casa Verde, sino al Palacio del Rey, la antigua Morada de los Presidentes.

A su paso, los vecinos sintieron en el piso el temblor que puede producir una manada de elefantes y oyeron rugidos de leones.

Petrona vio desde la torre que remataba las terrazas, la llegada de aquella marea; pensó que se trataba de un énfasis deportivo.

Aceptó que se había equivocado cuando esos hombres y mujeres saltaron los muros que rodeaban el parque del Palacio y corrieron a la casa, esquivando bastonazos y golpes de custodios.

Su carácter apacible le impidió agitarse, pero bajó de la terraza y, con más curiosidad que alarma, decidió observar de cerca las actitudes de esa gente.

Salió al porche vacío y contempló serena, con su casi sonrisa de siempre, la embestida de los que cruzaban el parque, como si hubiese esperado ese suceso. Su silencio y sus ojos de agua la hacían irreal, menos mujer que cosa o alguien de otro mundo.

Los invasores no lograron destruir el edificio ya que del fondo del parque aparecieron hileras de soldados, pero hubo roturas en ventanas y grietas importantes.

Algunos agresores, extrañados por la presencia de esa mujer sola en el porche, que los miraba con sus ojos bovinos mascando un chicle eterno, sin empujarla ni ofenderla le gritaron "Apártese", "Abra cancha", mientras trataban de voltear la gran puerta de entrada. Ella, entonces, se apartó y observó los esfuerzos de esos hombres.

Cuando los soldados consiguieron rechazar a la turba y formaron un cerco de fusiles en torno del Palacio, el Rey salió al jardín y contempló sus enanos de yeso reducidos a polvo, estatuas decapitadas, su gran busto de mármol caído en la gramilla con un sorete oscuro entre los ojos, vidrios en añicos y lagartijas que entraban por los huecos abiertos en los muros.

Al rancho de los Montes llegó la noticia. Cuando el hombre volvió de la huerta que cuidaba en la montaña, la mujer ya había llevado las cabras al corral y lo esperaba con gesto de tener que decir algo; era un gesto que él reconocía, ya que lo había esperado con esa cara en sombras la tarde que un boyerito llegó en mula tras cruzar dos hileras de cerros para informar que el terremoto que había transformado caseríos de montaña en masas de pedregullo y barro había ahogado a los abuelos Montes en esas masas.

De manera que, sin esperar que su mujer hablara, el hombre preguntó:

—¿Y di'ai? ¿Quí pasa?

—Dicen que a Pedro le están cascoteando el rancho.

El hombre pensó un momento, recordó el frenesí de la ciudad capital y el terror que en ella habían sentido, su juramento de no volver, el vértigo del camino, pero dijo:

—Habrá que dir, entonces.

Y aunque ya no había ómnibus ni trenes que cruzaran las montañas y el pueblo se había quedado solo, como tantos que el reino había olvidado, igualmente armaron sus paquetes con alguna vianda, un poco de ropa, las estampas milagrosas que los protegerían, ella dejó en el corral raciones de yuyos para muchos días y dio a la cabra madrina instrucciones para que, en su ausencia, asistiera a las otras, él armó espantapájaros de tela y los clavó en la huerta para ahuyentar a las aves y a las almas de difuntos que entristecen y dañan los sembrados, y salieron a viajar, a buscar al hijo para traérselo de vuelta, rescatarlo de esos años de extravío.

Los caminos subterráneos para llegar a la Casa Verde, precarios, abiertos en la urgencia del temor, se habían derrumbado. Un funcionario quedó atrapado. Cuando su familia lo lloraba en la capilla ardiente montada en la que había sido su oficina, con un féretro vacío y una foto del muerto en el lugar de la cabeza, el funcionario salió reptando como una lombriz por el agujero de una amplia rejilla. "Milagro, milagro", gritó la familia, otros dijeron "Qué olor a mierda", aludiendo a los restos que el hombre traía pegados de las cloacas y otros afirmaron que se había salvado por escuálido y bajito.

A ras de tierra era difícil acercarse a la Casa Verde. La muchedumbre que ocupaba la Plaza se había convertido en un enjambre de infinitos tentáculos que llegaba hasta calles remotas, y en ese vasto sector de la ciudad ya era constante el retumbe de bombos y aullidos.

De manera que el Rey convocó a sus secretarios a una reunión en el Palacio, su morada.

Varios secretarios habían renunciado y otros renunciaron ese día, al recibir el llamado del Rey. De modo que sólo acudieron el Secretario Principal, el Profesor y el ministro-ganso.

Tras saludar al Rey y comprobar que sólo estaban ellos, el ministro-ganso exclamó con su voz aflautada y su tono de siempre:

—Pero qué picardía, no me diga, cómo están faltando los demás.

En cambio, el Profesor anunció de modo solemne:

—Advierto que en esta reunión sólo estamos nosotros.

Intentaron hablar del país como si aún tomaran decisiones que podrían cumplirse.

El Rey volvió a soñar con trenes devolviendo la gente que gritaba a las provincias, reparto de dinero a los jefes del tumulto, obras imposibles para ocupar a todos.

Después se conformaron con proyectos menudos y baratos: promover la cría del escuerzo por su enemistad con el mosquito, un impuesto al cigarro para limpiar el aire y llevar dineros al Tesoro, decorar con dibujos alegres las villas de miseria que crecían en torno a la ciudad.

Pero todas las frases padecían la debilidad de lo quimérico y se mezclaban con palabras francamente inamistosas gritadas al otro lado de los muros.

El Rey dispuso que el Profesor y el ministro-ganso pasaran al comedor donde los mucamos les servirían el té. Él podría, entonces, hablar con el Secretario Principal del espinoso afán que le apretaba el alma.

No imaginaba que, como los otros cortesanos, también el Secretario Principal pretendía salvarse apartándose de él, único culpable de la Caja, los negocios, los viajes, la fiesta de champagne y la imperdonable desdicha de la gente, así diría si llegaba la hora de las cuentas, y de ser necesario, hablaría también de obediencia debida y todo eso.

—¿Tiene noticias de Beatriz? –preguntó el Rey.
—Si .
—¿Y?
—Nada, Monseñor.
—¿Cómo nada?
—Nada.
—¿Pero estuvo con ella?
—Sí.
—¿Dijo cuándo nos casamos?
—No.
—¿Pide más tiempo para seguir pensando?
—No.
—¿Entonces?

El Secretario lo miró sin contestar.

—¿Qué pasa, qué dijo? –preguntó el Rey.
—Que prefiere morir antes de estar un minuto con usted.

El silencio del cuarto fue tan hondo que hasta devoró los gritos que venían de afuera.

Asombrado, el Rey preguntó:

—¿Cómo le permitió?
—¿Yo? ¿Qué podía hacer?
—¿Qué hizo?
—Nada. La despedí.
—¿Y ella?
—Se fue a su casa.

El Rey se volvió hacia la ventana. Después se le oyó exclamar "Dios mío" con tanta pena como si ésas fueran sus últimas palabras o, tal vez, como si abandonara un sitio irreal donde se hallaban, lejos de él, la luz última del reino y Beatriz.

Su aspecto en ese instante era raquítico. Esos últimos días, las preocupaciones le achicaban el cuerpo y su cabeza era una enorme pera transpirada.

No se volvió cuando el Secretario Principal dijo a sus espaldas que debía viajar a Suiza para cuidar a un pariente que se hallaba enfermo. Tampoco contestó a su despedida.

Cuando Jacinto y Nicanor se enteraron de las desdichas de su antiguo compañero de pensión, fueron al Palacio. No se con qué palabras convencieron a los guardias, pero entraron.

El Rey los recibió sin hostilidad ni afecto, como si hubiese perdido el entusiasmo.

Ellos le ofrecieron ayuda. "Estamos para lo que mande, Monseñor", dijeron. No se atrevían a llamarlo Pedro.

El Rey los observó en silencio, esbozó una sonrisa y dijo:

—Quédense si quieren y hagan lo que se les dé la gana.

Fue así que Jacinto y Nicanor se hicieron cargo de la cocina, entre otros menesteres de la casa.

El día que debían servir el té al Profesor y al ministro-ganso, Jacinto y Nicanor habían preparado tortas fritas que, aunque poco se adecuaban a la merienda, igualmente pusieron en la mesa junto a los sándwiches y masas de las tardes.

Para agasajar a los visitantes, rodearon de flores las tazas y la tetera.

Cuando los invitados probaron esas tortas, Nicanor preguntó:

—¿Están ricas?

—Hm –contestó el ministro-ganso con la boca llena. Pero el Profesor, que ya había tragado, dijo:

—Usted pregunta si está rica. ¿Y cómo puedo saberlo? ¿Cómo puedo decir que esta torta está rica?

—Como la está comiendo… –explicó Nicanor.

El Profesor no lo escuchó, siguió diciendo:

—¿Usted no sabe que todo es ilusión, que no hay nada real y todo es apariencia? –Mirando a Nicanor, preguntó–: ¿O no sabe que usted es su apariencia? –Como Nicanor no contestó, el Profesor exigió en voz más alta–: ¿Lo sabe o no lo sabe?

—Y, más o menos –contestó Nicanor, desconcertado.

El Profesor lo observó con severidad, pero no dijo nada; en seguida contempló el mantel.

—Como las hacen mis paisanos –exclamó con placer el ministro-ganso, mientras masticaba una torta–. Pero sólo cuando llueve –aclaró.

—¿El señor es hombre de campo? –preguntó entonces Jacinto.

—Y de no…

—¡Pero qué bien! Nosotros también somos de campo.

—Qué casual, el mundo es chico…

—Lástima que allá no se puede vivir, no hay trabajo –dijo Jacinto.

—En mis pagos tampoco. Diga que el Rey me consiguió este conchabo de ministro, que si no...
—¡Cómo se ha puesto de fea la cosa!
—Una picardía, no me diga.
Sólo el Profesor no participó de esa conversación. Miraba atentamente la caminata de una hormiga que había salido de una flor que adornaba la mesa. Cuando la hormiga llegó al extremo del mantel, el Profesor alzó la cabeza y anunció:
—Ese es el dilema, detenerse o seguir, ¿quién puede saber dónde espera el destino? –Nuevamente encaró a Nicanor y preguntó con energía–:
—¿Usted conoce su destino?
Nicanor se asustó y el susto inmediatamente se instaló en su vientre, así que hizo una mueca que vaya a saber qué podía significar y escapó corriendo.
Pero el Profesor siguió hablando como si ante él estuviera Nicanor.
Cerró su discurso con un eructo prudente, se puso de pie, hizo una ligera reverencia y salió del comedor.
Desde la ventana que ya no abandonaba, obsesivos los ojos en los muros del parque y en los fuegos que subían de la calle, el Rey vio pasar entre los guardias el sombrero hongo, la levita oscura, el moño mariposa, y quiso pensar por un momento que todo era irreal y el fatídico presente era sólo un sueño malo.

Los padres del Rey llegaron, vaya a saber cómo. Lo encontraron solo, contemplando una ventana.
En una habitación hallaron a Petrona tan ajena a la

furia de la calle que por momentos acompañaba tarareando los cantos que llegaban desde afuera, "Paredón, paredón, a los chorros que vendieron la Nación" y tonadas semejantes, como si esos cantos no fueran para ellos.

El hijo se parecía, más que al Pedro radiante que habían visto jurar sobre la Biblia en un salón de tumultos, al Pedrito que, años antes, había dejado el pueblo con un paquete de comida y una muda de ropa envuelta en papel grueso. Más que un capitán que se hunde de pie en la proa de su barco, era un marinero perplejo y asustado, un náufrago del cielo. Daba pena.

Jacinto y Nicanor salieron de la cocina y saludaron con respeto. Como la primera vez, aquel remoto día del juramento de su hijo, sus modos cuidados confundieron a los Montes. Ella bajó la cara y dijo "Mucho gusto", él se quedó callado.

Nicanor y Jacinto explicaron que en Palacio tenían muchísimo trabajo, preparar la comida, cuidar el parque —los jardineros huían asustados por los ladrillazos y maderas encendidas que arrojaban los de afuera—, limpiar las jaulas de canarios y jilgueros que, aterrados por el alboroto, constantemente defecaban, y tantas otras cosas. "Pero nunca nos cansamos", afirmaron sonriendo y explicaron: "Nos gusta trabajar". Y sirvieron a los Montes como servían al Rey.

Por los relatos de Jacinto y Nicanor, Beatriz pudo contar en sus notas para revistas y periódicos lo que sucedía en el Palacio, el huracán de ira que pretendía devorarlo, la desolación de las flores en el parque, los cuerpos puro hueso que aparecían sobre el muro y los bastones de la Guardia inmediatamente derribaban, el asombro de los pájaros que se envolvían con las alas para no oír los ruidos de violencia, el olor de la pólvora en el aire que obligaba a toser y encendía los ojos y la mirada atónita del Rey, inmóvil detrás de una ventana.

Ya no se veían cal ni ladrillos en la cara externa de los muros, sólo frases escritas con encono y reproche, "Me dejaste en la calle", "Nos cagaste". Las hogueras avanzaban sobre esas paredes aspirando a incendiarlas y el reflejo de las llamas en los pómulos hundidos llenaba las calles de fantasmas.

Beatriz también supo, porque una tarde Camila la visitó sonriente, recuperada el alma, que el Secretario de Moral Pública había dejado su mansión y el convertible en un rincón del parque, había entregado las llaves al mucamo, "Hacé lo que quieras", le había dicho, y se había ido en un ómnibus de línea al barrio de antes, a la casa donde Camila y sus hijos ya habían recuperado los hábitos de siempre.

Gozó al pagar su boleto y disputar un asiento con algún pasajero y caminar luego entre tiendas y quioscos conocidos, donde obtuvo saludos naturales, sin desprecio ni sorna, como recibe la gente sencilla la vuelta del amigo, no importa cuál fuera su extravío, volvió a oír la risa libre de los barrios, disfrutó leyendo en los camiones de reparto las frases fileteadas de vanidad ingenua, "Lo mejor que hizo mi vieja es el pibe que maneja", "Me largaron de cachorro y en la calle me hice perro", "Soltero y sin compromiso, aprovechá sonsita", entró a su casa como si nunca se hubiera ido, abrazó a todos y se sentó a almorzar. Sus hijos tenían la cara de antes, sin tensión ni vergüenza. Después fue al café y tomó con los amigos la copita de la sobremesa, jugaron al billar, programaron el lechón del reencuentro, e inmediatamente la vida recuperó sus hábitos, los sábados de club, los domingos al fútbol con los hijos, la felicidad sencilla de las cosas de uno, tan íntima y distinta que sólo al perderla se conoce.

En tanto, en el reino se multiplicaban las hogueras, los asaltos a mercados, las vallas que obstruían los caminos, las disputas de pobres contra pobres, y la amargura parecía definitiva.

Pero Beatriz describió las últimas escenas cuando ya vivía con Gastón en un departamento de alegría. Y tal vez fue por esto, o por un barullo de pájaros, o por los gritos y las risas de unos chicos que jugaban junto a su ventana que necesitó decir, en sus notas finales, que aunque alguna vez los hombres creen que han bajado al infierno, están sobre la tierra, las malas horas pasan y aunque sólo haya escombros y gritos de carancho las nuevas ciudades se preparan, el alma se prepara, más fuerte y más sabia, más hecha a la vida, se crece en cicatrices.

Al releer estas frases (algo ampulosas, me parece) pensó que ellas unían y le daban un sentido distinto a sus relatos. Y fue así que, entusiasmada, supuso, con el aliento de Gastón, que sus notas podrían componer una novela.

Trató de explicar: "Una novela que cuenta una historia repetida, que puede ocurrir en cualquier parte". Pero Gastón la interrumpió abrazándola: "¡Vamos todavía, pendejita!".

Esa noche, en la cama, repitieron el rito del vino en sus cuerpos y bebieron largos besos de amor. Después, ya en calma, el sexo momentáneamente apaciguado, hablaron de la novela, qué debía agregar Beatriz a los relatos publicados en sus notas, la razón de recordar tanta desdicha y desvergüenza, la osadía de José Luis Testa y su triste final, la moraleja que los pueblos necesitan para no repetir sus desatinos, y sin acordar ni proponérselo, ambos afirmaron que conocían el nombre de esa novela: El rey petizo, dijeron a la vez.

Pasó el tiempo y no tengo noticias de esa gente, los años cambian escenarios, confunden personajes, mezclan pecadores e inocentes, arman y deshacen amores —por cómo se querían supongo que Beatriz y Gastón jamás se separaron–, no sé si los Montes regresaron a su pueblo, qué pasó con sus cabras y su huerta, si la madre de Beatriz vendió por fin sus tortas, dónde fueron Jacinto y Nicanor con su bondad y sus vergüenzas, ignoro si Gastón llegó a ser arquitecto.

No sé tampoco si Beatriz publicó su novela, pero creo, por su gesto de entonces, su aire de otra parte, su modo de estar y no estar con los amigos y rozar apenas la superficie de las cosas para ocuparse sólo de rescatar memorias que, aún sin publicarla, se dio el gusto de escribirla como un cauce a sus recuerdos de estupor, un desahogo o, como decía Gastón en aquel tiempo, una puteada de rabia y compasión por la agonía criminal del pobrerío.

Se terminó de imprimir en
Artes Gráficas Piscis S.R.L., Junín 845,
(C1113AAA) Buenos Aires, Argentina.
Mes de Mayo de 2005